西北的剖面

杨钟健·著

三联书店

图书在版编目 (CIP) 数据

西北的剖面 / 杨钟健著 . –– 北京：生活·读书·新知三联书店，2014.6
ISBN 978-7-108-04837-0

Ⅰ . ①西… Ⅱ . ①杨… Ⅲ . ①游记 – 作品集 – 中国 –
民国 Ⅳ . ① I266.4

中国版本图书馆 CIP 数据核字 (2013) 第 301206 号

责任编辑　刘蓉林
装帧设计　张　红　朱丽娜
责任印制　卢　岳
出版发行　生活·讀書·新知 三联书店
　　　　　北京市东城区美术馆东街22号
邮　　编　100010
网　　址　www.sdxjpc.com
经　　销　新华书店
印　　刷　北京市松源印刷有限公司
版　　次　2014年6月北京第1版
　　　　　2014年6月北京第1次印刷
开　　本　787毫米×1092毫米　1/32　印张 10.375
字　　数　170千字
印　　数　0,001—5,000册
定　　价　34.00 元

（印装查询：010-64002715；邮购查询：010-84010542）

纪念先考松轩府君

西北的剖面

楊鍾健著

于右任

目录

翁　序

　　游记是一种很重要的文学，但是要成有价值的游记，必须备具若干的条件。必须游历之地具有特殊的意思，然后所记为不虚。又必须游历之人具有观察的知识与了解的能力，然后所记方有意义。一个普通游历的人，到了多人常到的地方，摇笔作文，铺张篇幅，说山便是壁立千仞，记事但知起居饮食，到处可用，无地能专，即使诗词满幅，文章美丽，亦是枉然。老式游记大抵如此。至于有专门学问的人，遇有远游机会，又往往只管研究他的专门范围以内很窄的问题，此外虽有特殊现象、重要事物，只为兴趣不属，遂致视而不见。那正如明察秋毫而不见舆薪，在专家固应原谅，按常理未免可惜。

我们学地质学的人是最有游历机会的，背了一个布袋，拿了一把锥子，根究地下的富藏，追寻玄古的历史，这本是我们的本分。但是除了敲石头之外，所经地方的山川形势人情物产种种都有研究的价值，而且往往与我们的石头有关。如果专敲石头一切不管，岂不辜负远游？从这种意志力与了解力的强弱，很可以看得出人的能力与精神。现在专门家研究愈精，目标愈窄，所以一般的观察反而狭小。反不如前辈的学者，虽然有时候在专门研究上稍欠精密，但在一般观察上却往往提纲挈领，能见其大。在这一个观点上，我常想李希霍芬关于中国的著述，在小处看，我们固已有许多改正，但是在大处看，真是我们的绝好模范。不但他的旅行日记和他与上海商会的通信，都是很好的游记，就是他的不朽著作《中国》一书，也可说是一种绝好游记类的文章。读他的书，好像亲到其地，不如平常地质报告的拘束割裂，枯索无味。他对于中国的历史地理都有整个的了解，而且使这种了解与他的地形地质的观察能够融合为一，互相发明。其实专门、普通本来并无根本分别，只在乎人的观察能力如何。所以尽有专门学者能够注意到他的专门以外的东西，也尽有普通游历家能发现很是专门的意义。例如徐霞客当然是一位旧式文人，但他的山形地势的记载，真能活画出当地的地质情形，而且他很明白地赶在近代地理地质家的前头，早已发现了扬子江的真源与云南火山石的成因。所以我常对我们的地质学的朋友讲，我们不妨在我们经常工作之外，利用远游的机会，做一些旁支的观察与记录。我们不是要学安得思游蒙古的宣传，骑成吉思汗的白马去找三千万年前的恐龙，我们更不要学普舌瓦尔游中亚的粉饰，轻易加上动人听闻的名目，来张大他的前人已发现的发现。我们也不要学古伯察游西藏的记录，像做小说似地铺张。但我们很可以根据我们科学的观察，对于寻常事物试求进一步的了解，并且把这种观察与了解，明晰地、具体地写出来，唤起专门学者以外的一般社会的注意。杨克强先生平常是很赞成这种见解的。这次他因地质工作的机会，东北到兴安岭，北过戈壁，西到新疆，可称难得的壮游。同游的更有很高明的学者可以切磋讨论。现在他把他专门工作以外的材料写下来，题为"西北的剖面"，真是一种有趣味的试作。我不客气地称他是试作，因为科学的、有意义的游记，在中国文学中真还是不大多见。我个人的意见，以为专弄文辞的著作，或像起居注化的记载，虽然各有好处，但都不能算作真正的游记。我以为真正的游记，至少要使人读了能有

3

像身临其境的真切感想，或者更进一步，能对于其地得到一种提纲挈领的了解。要达到完全的成功，当然必须经若干的试作，而杨先生的试作，至少已有了一部分的成功。

翁文灏序

自 序

　　我在学校时，即好留神观察所过地方和所处环境的情形，同好看戏一样；不过不是排演成一幕一幕的戏，而是未编的戏料罢了。因此有许多地方，虽然不能幕幕都精彩，但也有一层好处，就是句句是真的，而无演义一类的东西夹杂在内。十八年[1]我把从去国到回国四五年间的游记杂录等，汇集为册，题名"去国的悲哀"，初意是如此。今把回国以来，在各地所作几次大旅行的游记，也汇集一册，题名"西北的剖面"，其初意也是如此。

1　一九二九年。全书不再标注。——编注

十七年回国后，我的家庭即遭了空前的巨变。在这一年中，除在周口店工作外，没有其他考察的旅行，虽然回家三次，也无心到这个上头，十八年四月葬父后回平，翁咏霓先生即嘱赴山西西部、陕西北部一带旅行。自出发至回平，约有三月。十九年四月，又奉命到东三省去，此行来回不及一月，所过地方虽不少，而大半在火车上，停留的地方也不多。由东三省回平后，又参加中美考察团，前往内蒙、二连东一带。此行来去约两月，其大致情形恰与东三省相反，即在一地停留过长，而所跑地方不多。不过在蒙古旅行，此为第一次，所看的东西也不少，印象极深。最后一回大旅行，就是二十年夏天所做的，仍奉翁先生命参加中法科学考察团。此行由张家口起身，过百灵庙、额济纳河、酒泉、哈密、吐鲁番、迪化。照原来计划，西经沙车以抵喀什，再仍坐爬车回平。但中法两方自起身即闹纠纷，以致到新疆后，中央有令停止工作。于是我们在迪化与法作别，取道昌吉、绥来、乌苏，到塔城，再由塔城入俄境，经阿牙古斯，上火车过斜米巴拉丁斯克、新西伯利亚城，乘欧亚通车回平。这四次旅行，合计路程在两万里左右，足迹所经，占中国北方的大部，而大半又是边荒偏鄙的地方。

这本书取名叫"西北的剖面"。何以叫剖面呢？正同地质上的剖面同一意义，用不着我多费解释。所不同的，地质上的剖面，只限于地层及其构造等，而我这剖面，几乎上自天时，下至地理，乃至人事沧桑，世态的炎凉等等，无一不乘兴会所至，都或深或浅地切剖一下。

我预计的方法，只采《去国的悲哀》后半部的记述方法。我觉得那个方法，可以稍微免去记账式的日记的弊病。同时不把一件事情说得太冗长。每一段一段的内容，正同选择一块标本一样。其所叙述的，就是切面的内容，因此前后不必一定一贯。不过本书中四大篇，不是一个时候作成的，又有些是在旅途中随随便便记的，因此有许多地方，不能严格地绳以我所用的方法。这是我心有余而力不足的结果，自然是一种失败，我自己常觉得。但既云"剖面"，客观的认识、判断，全在读者。再书中有许多地方，并未能把我所欲述的尽情托出。如中美科学考察团在外野地生活的许多有趣的事情，因篇幅与时间所限，未能详细记出。又如参加中法科学考察团的情形，若真一一记起来，比唐僧取经的《西游记》还要热闹还要长，比《官场现形记》还要丑。正同地质一样，剖面亦时时有令人美中不足，不能把我们所期望的一一得到。

地质上的剖面，不一定全都是观察的客观的事实，有许多地方，观察的人往往根据若干已知的材料，补若干未知的。有许多地方，不同作者可以有不同的见解，正因如此。我这《西北的剖面》也是如此。有许多地方，在我以为是如此如此的，或者竟不十分是那么回事。这是要读者自己小心，千万不要上了我的当。有许多地方，或许因我所留时间太短，所听到的太少，偏于谬误，这是要请格外原谅的。

关于这本书的造成，我最感谢的有四位先生。第一是地质调查所所长翁咏霓先生。四次旅行，都是因他的嘉许，使我得有这么好的机会，游这么多的地方。我回国以来，对于学识上人情上均有进益，翁先生鼓励后学的热诚，我时刻不曾忘却。书成之后，又蒙翁先生作序，也是应该感谢的。第二是新生代研究室名誉主任步达生先生（Dr. Davidson Black）。我自回国以来，即与步先生共事，在研究室中，有许多事情都赖他指导。四次考察，虽概名之曰地质调查所，而实是地质调查所的新生代研究室。其次就是德日进神父（P. Teilhard de Chardin），四次旅行，都与德日进同行，他为人的诚恳和蔼、观察自然的精敏、治学的小心和他伟大的丰富的学识，不但让我从知识上得了许多帮助，而人格上也受他深刻的感化。

8

同他旅行，实是一种愉快，令人可忘征尘之苦。最后为裴文中先生。他是新生代研究室中同事，我每次出外，北平与周口店工作，均赖裴君主持，使我得以安心在外，这也是我很感谢的。

令我不能不特别表示感谢的，就是书中所提到的各位，或是经过的地方当局及士绅，全对我竭诚招待，或与我同行，予途中以种种便利。没有他们，我相信绝不能得到这样充实的结果。

此外原稿的抄录，大部分由国桢[1]担任，一小部分由表妹瑞芳和胞妹芝英担任。文字生鄙处，国桢并予以改正。所附之路线图，请地质调查所舒化章君代绘。均志于此，以表谢意。又蒙于右任先生题封面，印刷时同事乔石生君代为校对，作者也是十分感谢的。

全书完稿将付印，我脑中萦萦，尚有不能不说的几句话：我慈爱的父亲，于十七年十二月三十日因脑溢血病殁于手创的咸林学校。以前虽有严重的家变，但有父在，一切尚有办法。自失怙后，家事失其重心，家族四散，到现在整整三年，

1　为作者之妻。——编注

不但无办法，还有更坏的倾向，我仍旅居数千里外，并于礼于俗应当举行的禫祭，亦不能如仪举行。检视此稿，四游所费时间，均在父逝三年以内。两万里左右的旅程，风霜饥饿，与种种艰苦，我亲爱的父亲已不及一见。沧桑人事，风雨逆旅中仅我时时思及吾父，而吾父已舍我不顾。今书虽成，献于我父，聊以报告我三年内在人生大旅程中的几段小旅行，也不过只能当我思父的一种纪念罢了！

二十年十二月三十日父逝三周年纪念日
杨钟健序于北平石老娘胡同十五号寓次

在 黄 土 沟 中
—— 山 陕 旅 话

骡队

一九二九年夏天，在山西、陕西做了三个月的旅行，同行的有法国人德日进先生。我们同是由地质调查所派出，目的以考察地质采集化石为主。由北平到大同下火车后，即雇好了六匹骡子：一匹德日进先生骑，一匹我骑，一匹德先生的听差骑，一匹我所带的化石采集人兼夫役事宜骑，一匹我们的厨夫骑，所余一匹，载一对大箱，内装食物用品等。另有骡夫三名。如此出发，在途中排列起来，大约总有十七八公尺长。虽不敢说是浩浩荡荡，但总可以称"队"了。我们骡队，虽不能和安德思的汽车队比，也不能和斯文赫定的骆驼队比，然而在实质上和性质上却是没有什么分别的，并且我们的骡队，虽然有一外国人，而我可胆大地说，我们的确是国货骡队。因为德君已受地质调查所聘任，而为我国服务了。

骡队所经的地方，的确十分复杂。就路线说，的确是曲而又曲的。我们出大同东门，行了八九十里，然后南越山脊，到了浑源。又由此地经小石口，到了繁峙。由繁峙过代县，再入山到宁武，南行至静乐。又由静乐西北行，过岢岚到保德。又从保德北沿黄河过河曲，渡黄河北，行到准噶尔旗，又南折经哈拉塞到府谷。在此过了两次黄河，才西行过神木，经河套边境以达榆林。自榆林东南，经米脂、绥德而到吴堡，由此再过河南折，经石楼、隰县、大宁、吉县而抵乡宁。又由乡宁南行到稷山，最后由稷山沿汾河，经临汾、洪洞、灵石、介休、榆次等县而到太原，在太原结束了我们的骡队，而乘火车回到北平。

就所看见的景物说，除地质的观察较为专门不计外，从沃野千里的平原，到茫无人烟的沙漠，从二十世纪的物质文明，到石器时代的初民生活，从世外桃源的天主堂，到惨无天日的匪患恐怖……真是见不胜见，闻不胜闻。有的竟是见所未见，

左上：山西北部骡队旅行途中（骑者为德日进）

右上：山西北部考察地质情形（执锤站立者为德日进）

下：山西北部之旅店（午间休息）

上：骡队在奥陶纪石灰岩山谷中

中：由保德隔黄河望府谷县城

下：保德县文庙

闻所未闻，旅途中的生活已是富有兴趣，而这次长期的骡队生活，尤在我脑中刻了不少不可泯灭的印象。

我们坐在骡背，一颠一颠，自然的景色，像电影般地映于我们的眼前，种种可爱羡或可厌恶的事情，也不断地在电影般的风景幕上演映………打打（Da Da）骡子开步走了，得尔尔尔（Dr……r…r）骡子又站着了，打打又走了……旅行是这样呵！人生也是这样呵！

在古火山口旁

我们离大同后第一个重要发现，就是在大同以东约七十里地方，发现了第四纪初期的火山遗迹。有几个比较完美的火山口和火山熔岩奔流的遗迹，还依稀可辨。在黄昏前，金色的太阳光线，映着我们，坐在这远古的（就人类历史言）火山口旁时，我不禁发了一点神经病似的小小感想。

这个小感想，也只是一个"小"字。我们的人类，的确是太微小了！

残缺的火山，星散在灰白的大地以上，深黑色熔岩到处还可以看到，火山弹也还找到几个……这些就地质讲来，不过还是很新的事，然而拿人类的标尺去比，就是很古很古的了（这里一带火山时代为第三纪末期或第四纪初期）。当这火山爆发的时候，真正的人类或者还没有，即有，还是很简单而原始。

戴上地球史的眼镜去看人类历史，真好像夏天在北方式的大厕所中看那悠游于粪浆中的蛆虫一样。

小石口之夜

小石口为由浑源南入繁峙的一个要道，位于一个很长而险要的谷口，居民街市都还可观。然而最奇怪的，我们这一夜没有找下正式旅店，据调查的结果，所有旅店都已住满旅客了。我们好容易费了九牛二虎之力，才半哀恳半强占地住到了一个铺子的堆房。

院子甚大而什么都没有，锅灶自然也没有，于是只得用最原始的方法，做我们的晚饭。饭后和本地几个人睡在一间很小的屋子，那一种难以形容的气味，迫得人欲死。而又据说本地方不甚安静，时有土匪，恰恰我们所住的地方，在关以外，所以由不得不令人又大生戒心。

但是我们奔波了一天，疲乏已极，总得要休息，这时候也顾不得合乎卫生或不合乎卫生了，也顾不得生命财产安全不安全了，所以就早早睡下。

问路难

记得从前初到德国，语言不通，颇感问路的困难。后来语言渐通了，可以不感什么困难了，而我同时又得了一个秘诀（其实是明诀）：原来大多地方路的里数方向等，都很清白地写在交叉路的牌子上，在山中树林内，还有那红的或其他颜色的标志，涂于沿路，所以便是不认识字，也不会走错路的。

但是我们三个月的山陕旅行，真有问路之难，难于上青天之概。语言不通是第一，你问东，他答西，你问南，他说北；无人可问是第二，有时走半天或一天见不到什么人。所以倘一个岔路走错后，改正实是费事费时；问下错误是第三，有时他们的路的知识，也实在有限，往往不可深信，因相信他们而得的谬误，跑的冤枉路实在不少，最有趣的是在相距不远的地方，问不同的人，所得的答案大相悬殊，令人无所适从。

分水岭上

且说这分水岭不过一小小的市镇。住户连商店不过二三十家。种种数不清的庙宇很多，然而我立刻看到这地方的迷信和我家乡大不相同。这里没有什么关帝庙，没有什么观音庙，而大半代以老君庙和老子等相似一类的庙，足征道释在山西北部势力不小，在别的地方很少可以看到，但在这里却格外浓厚。

一个大庙中，有一个学校。我们进去看时，找不见教员和管理人，一班年龄不齐肮脏不堪的——有的还有辫子——学生，坐在几个很大的炕上，虽然窗大开着，而里边的臭气还时时扑鼻。他们读的书，固然有什么新式教本，而四书五经一流的国粹，还放在桌上。我把这种现象，和三十年以前内地情形相比，得不着什么分别，我于是不禁又动了一点凄然之感了。

我们所住的旅店，尤其简陋原始。店主人盛意，请我们住他们的上房，但一进房门，便闻到令人欲呕的恶臭。于是我们决定住在大门旁的耳房。第二早起来，床布单的血迹和身上的伤痕，都表示着分水岭臭虫的胜利。

早晨一早出店门，到田地里吸一吸新鲜的空气，苍蔚的山岭，插在晴朗的天色中，一会儿骡队的一切也预备好了，静待出发。德日进告诉我："这是一天最好的时候。"

店中三怕

在旅店中头一个难事，你受也得受，不受也得受的，上已提及，就是臭虫。臭虫差不多个个旅店中都有，真可称之为旅店的标准动物，不过有时运气较好时，臭虫或者少一点罢了。关于这一种恐怖，我们常常设法免除，然而完全达到目的时很少，有几次迫得无法，睡在人不睡的地方，如放草料的小屋，但同时又有别一个可怕的事代替了。

第二可怕的，更是无法免除，就是骡马粪臭。中国北方的旅店，凡是旅行过的人，没有不知道的。山西南部及河南西部等地的店的构造，大致是中间一个大院子（稍好的店有一"腰房"——过厅专为饲牲畜之地），常是为马粪盖满，而四周围以备旅客住居的房子。山西北部的店稍微改良的，就是住人的地方和住骡马的地方分开，但若收拾得不清洁，也是免不了这一怕的。

第三怕更可怕，就是店主人。这样的店，照理似应该便宜而不应过分地要求，或苛待旅客，而事实上大得其反，东西顶坏，代价顶贵，甚至有时还暴厉非常。所以民间有谚谓"走不尽天下的路，吃不尽店家的亏"！

我们从大同起，到北平止，无一日不在三怕之中，及今回忆，尤有令人不寒而栗之慨。因约记数语以志鸿爪，以见我国衣食住行中之"行"之一般云云。

冀家沟的雨

我们出外旅行，最怕的不是上述之三怕，乃是怕天时变更，常常下雨，使我们不能出外工作，而蛰居于小店中，饱受那"三怕"之苦。最令我们不能忘记的是在冀家沟的几天。

冀家沟是山西保德县一个小地方，但在地质上及脊椎化石上，是很有名的。因保德是三趾马地层，及所含化石最著名的地方，而尤以冀家沟一带为最著。在脊椎动物化石，未经科学家搜集以前，这里的化石坑早被开掘，以之作龙骨用。居民每到秋后至春初闲暇的时候，大半从事这样工作。开的有许多化石坑洞，地面上及山坡早已搜集净尽了。开采出来的东西，虽也有比较完整的，但大部分把大的打碎成小的块，以便易于收藏。他们似也有分类的法子，就是把牙存放在一起，所谓龙牙，骨头又存放在一起，所谓龙骨。因为龙牙的价值比龙骨高些。在冀家沟一带，几乎家家都存有一堆这样的货物，每到一年一定的期间（大约是春初），有龙骨商人来此收买，以转运于全国各地。所以保德是供给外地龙骨和龙牙一个很重要的地方。此地化石，经科学家亲身采集，以民国九年、十年间奥人斯丹斯基（Zdansky）为始。斯丹斯基不但在保德采集了极丰富的材料，且在附近地方如以北的河曲，隔一带河而归陕西的府谷也采了许多东西，这东西的大部分，现在已经研究完竣了。

我们这一次去的目的，固在考察地质，但采集化石标本也是重要目的。我们到保德县城不久，即直去冀家沟，以便从事采集。不料我们初到，接连下了好几天雨，我们住在一个很小的土窑内，饮食起居都不方便，一种苦闷的情况，真令人难以笔墨形容。

但是我们最大的苦闷，还不在此。我们来的时期，正在秋初，秋禾初长，农事还很忙，一般冬天以采龙骨为副业的人，我们得不到他们的帮忙，而经大雨以后，所有化石坑洞，均为水灌满，尤是我们根本不能采集，因为化石坑洞，都是内低外高，雨水当然易于流入。

因此种种原因，所以我们冀家沟一行，不曾得到我们所预期的成绩。可是我们偶尔也得到很好的标本，聊胜于无。

雨止后本即想成行，可是事实上，我们还得受一受店中的苦闷，因为路都被雨水冲坏了，到处旋涡水沟，骡行尤其困难。原来山西西北一带——陕北也是如此——既无森林，一般农民耕地尽力地在山坡上种，又不筑堤涧等收水的工程，所以天旱的时候，固然缺少水分，地里的养料，不能被吸收；即是有雨，而雨水的大部分，都很快他流，由高处向下，初成为细流，既又归于小沟，由小沟集成大沟，而入于附近的河中。因此每次大雨以后，好像把地皮冲洗了一回，不但田地中肥料养分被冲洗以去，有时连田禾本身也为之冲倒。所以每次雨不但于田禾无益，而且有害，只有很细小的雨，田禾才能得到实在的益处。可是这样细小的雨，往往太不够用，其总结果是无论雨多雨少或天旱，这一带照例是荒年，不能丰收，除非在特别合宜的情形下，才可以有一次丰收，至于上边所述流入河中的水，又为沿海平原地方每年秋末水灾的大原因，更是十分显明的。

黄河峡谷

山西、陕西间黄河两岸的情形，和潼关以东不同。潼关以东，黄河虽尚流于两边较高的平原中，但都为土质——黄土或三门系的泥沙，有时候有些上新世的东西。再到郑州以东，两边更低，甚有许多地方，河床比四围平原为高，所以易于泛滥，常闹水灾。山陕间的黄河，流于峡谷中，两岸高出约五十至一百多公尺以上，都是古生代或中生代岩石造成，而红色土及黄色土，多遮于高原顶部，或挂于峡之半坡，在岩石较软的地方，如由三叠纪页岩、砂岩造成的部分，此等现象，不十分显著。但岩石较硬如奥陶纪石灰岩，则峡谷性至为显然，成为一种特殊的风景，前者如保德附近，再向北不远，以至巡检司以南，黄河穿奥陶纪石灰岩，成为黄河峡谷极壮伟的一部分。黄河流至韩城的龙门，又穿斯纪的石灰岩，所以也造成相似的风景。

且说我们离开冀家沟后，沿黄河向北行，中途遇见了这样风景，格外可以提起人的精神。就地质方面讲，也是很有兴趣的。如我们在距火山不远的地方，发现了几处含有化石的地点。所不幸的，就是途中遇雨，使我们不能不中止工作，

上：保德以北之黄河峡谷

中：河曲东巡检司附近之黄河与黄土

下：河曲的"河曲"

上：府谷北（河曲对岸之三叠纪地层）

下：由河曲起身前河岸留影

而在附近一小民店内安身，差不多又饱尝那三怕和下雨的苦闷。

但在这一回，留给我的回忆，不完全是苦闷，至少有一点别的情绪，是我不能忘记而乐于回忆的。在这一民店中，是一小家庭，母女二人（也许还有别人，不过我就不知其详了），女不到十岁，一副天真烂漫气质，令人见而生爱。这女孩子对我们尤其是我们中有一位洋人特别感觉兴会。对于我们的样子、我们的服装、我们带的东西，小至一把刮胡子的刀、一块胰子、一条手巾，都是特别地有好奇心。特别的东西如望远镜、照相机等等，更不用说了，因此我不免感觉到乡下孩子的可怜。

她当然没有读书的机会，她当然从此终老。最令人感觉到苦闷的，是她那两只脚，还紧紧地缠着……

但是她自己，竟毫不感觉到怎么样，依旧天真地笑着说着，对我们种种惊奇地看着。我念她的可爱，又念她可怜，而我又无法可想，只有任她过她那自己以为很快乐的日子，在纷纷细雨的天气中，我仿佛忘记了店中的三怕，而反怕未来的她的命运。

羊家湾

我们由山西河曲渡黄河，到陕西府谷县境的麻地沟。未过河的时候，就听说两省交界的地方不十分平静，常有土匪出没。因此我们照例要求几个军士保护我们，按我们出外调查，遇有不平安的地方，请人保护，大半是无所谓，不过是自己壮壮自己的胆子，可以说完全是心理的治疗法，可是有的时候，非常有用，因这些军士，往往与土匪有相当关系，土匪当然可予以谅解，使所保护的人平安过去。在土匪区内，往往可以平安通过，十九就是这个原因，我们此次能由河曲过麻地沟到羊家湾，又由羊家湾到哈拉寨，就是一个实例。

从河曲保护我们过河到麻地沟的兵士，已令人望而有土匪之感，但还不十分厉害。最可怕的是由麻地沟到往羊家湾护送我们的兵。据说带领的连长，两星期前还是土匪，后受招安，才成为军官的。但正因如此，我们道上很为放心。

由麻地沟起身，北过发扫河湾，渐见黄沙满地，举目寂凉，令人有塞外之感。但从地质方面讲，并不怎么荒凉，依然有有兴趣的东西可寻得，有重要的材料可为我们观察到。所以用自然科学家的眼光看，世界各地，处处都是好地方，而沙漠不但不照一般人所诅咒的那么害怕，反而是科学家的乐园。我们在沿途除普通的地质观察外，找了不少的古石器时代的石器，不但采得极好的标本，且因标本上的性质，与存在的地位，足以帮助我们断定它们的年代。

羊家湾为蒙古一王爵驻在地，我们来此，事前已由麻地沟的当局通款过，所以很蒙优待，就住在他们的家里。虽然说是王爷爵位，不过一个大地主罢了。伺用人很多，牛羊马等家畜无数，所以经济方面、政治方面，都有相当的威权，他住的地方，虽然在平地上，却也窑也似的建筑法，外表如房式，而内边是洞子式，真是冬暖夏凉。有很大的院落，许多间客房，预备别的王公或喇嘛驻居，室内收拾，虽然旧式，而整洁可居。

我们在此住了两天，除看了附近地质外，知道一个很有趣的蒙古习俗，就是住宅以内，绝对没有厕所，据说在屋内大小便是很忌讳的。至于何以如此，就不得而知，不过据我推想，也不过畜牧生活传延下来的一种习惯罢了。

羊家湾的街市，距该王公驻所还有许多里路，我们惜未得去一游览。

羊家湾到府谷

由羊家湾到哈拉寨一带的景色，和由发扫河湾到羊家湾差不多，足以令人有荒凉之感。地质上只能旁证来时所观察的，亦少兴趣。觉得沿途可以有为的地方很多，奈国人注意内地局部的战争，而不肯对边荒的西北予以实质上的建设。譬如以羊家湾地方，尚不通邮政，其他可知。回想我从前在德国作地质旅行时，那到处有汽车路，到处有电杆，到处有明信片可买的情形，不知我国在多少年后，才可办得到。念至此，不禁令人一叹！

哈拉寨比较上算一个较大的地方。街镇很长，我们蒙特别优待，住在一个商号中，但在三间相通的大屋子内，一端的大炕上睡着八九位，一夜抽大烟，谈闲天，这个出来，那个进去，使我们一夜不能安卧，很悔受此优待而不住在小店中。次日起身，因天气不好，未能多赶路，住在清水堡。我们已由长城外，又到了长城内边。清水堡为长城内一军堡，就形势和建筑的遗迹看，原来很好，但现在则颓废不堪，只有破砖烂瓦，供人凭吊。我们住在一个小学校内。学校的隔壁，即为以前驻军官长驻节地方。衙门的局势，看去也不小，可是十分之九都塌倒了。

过了清水堡,即向府谷前进,不但行人村庄也较以前为多,即风景习俗也都熟得多。即就颜色讲,哈拉寨以北,大半都是灰白的,而愈向南走,红色的土愈发育,途中看去,几乎四围全成红色了。以北耕地很少,可以看出蒙古式的生活(真正的蒙古包尚未见到);而向南则到处耕地,成为中国式的生活了,内地人民向北伸张迁徙,很为显著,所以这个界限不可靠,而逐渐向北推移。

府谷琐谈

到府谷后,因行装尚放在对岸的保德,乃过河去,仍住在以前住的地方,地在河岸高处,风景清幽。本想立即回府谷起身西行,但天雨不止,只得住下,虽然风景好,也免不了苦闷。过了两天,河水依然涨着,而天气已晴,乃决冒险过河。计前后在保德住了许多日,又因该县县长崔君招待颇好,免去许多困难,临走时,颇不胜惆怅。

我们过河用一大船,船内连我们一行和骡子都在内,起初还好,及转入波浪中,船身一上一下,有一丈多,河水打入船中，衣服行李尽湿。有一个时候，真是危险万状，颇有听天由命之感，幸骡子因惊怕伏船中不敢动，故船户尚能驾驶，不致出险。不一会，船已出波浪区，心稍静，随见河上浮死尸一具，想亦渡河而送其生者，不禁令人尚有余惊。原来黄河两岸各地，全为秃山而无森林，以致下雨时山洪易生，河水剧涨，所以最易发生意外。

在府谷也住在学校中，地点虽不如保德的好，然亦开窗见河，颇有可观。在此又有幼时同学的陈君，招待一切，尤为便利，到府谷后，本想立即起身，但因天气仍未晴正，时雨时止，朋友都劝不必起身。又说去道沿谷沟行，在夏季往往天晴无云，而山洪可来，因有时上游急雨，常来极骤的山水，使人避逃不及。据说对于由府谷到榆林等地公文的迟延是无罪的，也不过表示山洪的可怕罢了。

在此既无特别东西可看，于苦闷中乃向药铺打听龙骨，一般人所谓龙骨，即我们所谓化石。打听了好几家，请他们把所有的送来看，但大半破碎不堪，不足以研究，但也可以认出大半为犀牛类、马类、鹿类等化石，学术材料，如此摧残使用，真是可惜。

在此还有一事足记的，就是那位待我们很热诚的杨先生，他对学术，似乎很有热心去研究，可惜不在正当基本上面。他著有两种小书，其内容是发挥永动机器（原来名词我不记得了，意思是不用原动力，而可以永远动着），但可惜根本上难以成立。我觉得在交通不便的地方，有志研究的人，因没有良好的环境而误入歧途的，当不止杨君一个人。

府谷为陕西东北角的一县，辖境辽阔，地方苦瘠，而此时正是奇旱时候，所以一切都现出灾象，不能和对河的山西相比，幸而地方上平安，还勉可维持。我在此遇见了好几位近同乡，又是同学，招待我们最殷的为陈君，我们并说了许多以前同学时的情形和故乡状况，不免引起人童时的回忆和对于故乡的悲哀。

化石的长城

我们这次旅行，得有机会把长城穿了许多次，如在小石口、河曲和清水堡等地。由府谷向榆林去，又是沿着长城走，长城在我国历史上的位置和重要，用不着我再来赘述，而在现在的中国，失去它的意义和重要，也是当然的事实，无可讳言。我这里所要说的，只是我见了长城的一点感想，而且是每次见了长城的感想，只是这一点。就是长城已成了一种化石了，而这个化石化的长城，又日渐消灭，大有不多久便看不到这块大化石的杞忧。

长城既失其意义与重要，我们当然只能把它当作化石，不过长城虽无它实在的意义，却有它化石的意义。一块稀有的化石，当然应该特别爱惜珍重，不过事实上各处的长城已颓废得不堪了。长城本身如此，和长城连带的各关口、堡等，都是如此。我们每回所看到的，不是一堆破砖烂瓦，就是塌倒的城楼城墙。有时候连这些都没有的，只是微微的隆起，指示我们那里是长城的遗迹。试思这样一块好化石，破烂得成了这个样子，哪能不令人痛心呢？

由府谷向西北，过固山堡、镇羌堡等，都是长城以内的重镇。原来沿长城除大有重要者名为关，如雁门关、居庸关等，次要者名为口，如小石口、杀虎口等，此外在长城每隔约四十里设一堡，即当时的兵站。我们已经的如阳明堡、清水堡等，这些地方，都令我发生深刻的化石的感想。

沿途天气并不很好，时雨时晴，幸尚未遇山洪，却时有戒心，各堡则位于高原上，可免危险。我们尝冒雨工作，倒也别有一种乐趣，在镇羌堡附近，看见近代人的头颅骨骼露于地面，也不知是乱坟，或是由其他原因而死的乱尸，但令人颇感到生命的微碎。

我们自府谷到神木，因不放心地方上的治安，有两位警察护送。这等警士，都是老弱残兵，所拿的枪，还是旧式装火药的来复枪，所以若是真有土匪的话，是毫无用处的。不过因他们地方上情形熟悉，且可以领路，所以还很有用，尤便利的，是我们在固山、镇羌二堡，都能住于"公所"中，比旅店清闲而干净。又他们比起大兵来，像我们在麻地沟所有的，容易对付，也没有那么暴横。

这一带的路，大半在黄土、红土夹道中，大雨后，道路冲毁的很多，行走时非常感困难。有时候表面看去，似乎是很光很硬的路，但骡子走上去蹄子往往陷入其中。因为底下是空的，而骡蹄又很小最易陷，有时候整个的骡子可陷下去或倾倒下去，因此我们不能不雇一个探路的，以求免除此危险。至于骑骡子的困难，也是很多。我所骑的那一个，尤为胆小。它最害怕的是皮子，一见就惊跑，我那匹骡子，又没有适合的鞍子，只简单地坐在背上，所以每惊一次，我照例要掉下来一次。以后我稍为伶俐些，每见有驮皮革的畜牲或车子，便预先下来，但也不能完全避免危险。

神木古禽龙的足迹

从府谷起身，走了四天，才到了神木。神木在陕北算是一个很重要而富庶的地方。城垣的建筑与街市的规模，都很有可观，我们最初住在一个店中，因臭秽不堪，又念神木归陕西，算来可充大同乡，乃向县署及学校交涉，搬至县立学校中住宿。不料这么一来，在此地遇了几位旧日的朋友：一是任县长的赵君，一为教育局局长刘君，都是以前在北平认识的。这里学校，规模还算很大，建筑也很新式。惜于这时候学校正在放假，无从参观其内容。

在神木的一天下午，我们打算上东山去看看。县知事赵君也有兴会作陪，东山距城不过一二里路，片刻即到。河的对岸，也有一道低山和这面相当。实在讲起来，为河谷两壁，并不是什么东山西山，我们姑且从俗如此称呼。沿山坡有许多庙寺，远看如悬绝壁，到庙那里，俯视神木县城，砖瓦历历可数，对过山外则黄沙茫茫，远接不日即要去瞻仰的河套沙漠。沿途且赏玩风景，且向山上爬登，到更高处，另一庙口，无意中看见一块石头上，具有伟大的足印。德日进根据他在比利时等地的经验，立刻判定为禽龙的足印。该足印宽长均

左：化石的长城（神木县）

右：老人与牛（河曲县）

约有一尺多，其动物的伟大可知。赵君初不辨为何物，经我详为解说，亦即释然，并十分高兴，即差人拾回，送到我们住的地方。所找见足印的地层，为神木砂岩，其下为下侏罗纪的绿岩系，所以不为侏罗纪上部便是白垩纪底部了。

由此再上，即到顶部，也有一个庙，东望一片，纯为高原，具有小冈埠。向平原前行数里，为红土堆积最发育的地方。我们在此，又采集若干化石，才信步回来。在途中流连风景，可以了解现在所走的地方，在陕北高原上，神木县城在河谷旁，两边所以很高，也无怪称之为东山西山了。

第二天叫了一个石工，把禽龙足印那块石头两头削去，以便容易装箱。德日进和我则仍到昨日所到的地方去采集化石。最有趣的是昨日我所采的一个田穴鼠化石下颚的前部，今天在此又找到同一化石下颚的后一部。回寓一接合，恰是一个完全的。记得在伍捕杀拉时，魏曼教授告诉我，他们在以北斯匹次贝尔格采化石，中有一鱼龙脊骨，仅有一半采回，过了七八年之后，再到那里去采，又于山坡之下部，采得另一半，回来一对，竟是一个，惟因时代关系，成了两种颜色。今我此事，虽只隔一天，而情形颇相似。午间县长赵君请吃饭，在这里所吃的也是海参一类的东西，因此等食品被一般人目

上：骡队的午憩（由神木至黄土面途中）

中：黄沙无垠中的征途（由神木至黄土面途中）

下：沙漠中的河（由黄土面至大堡当）

为饮食中上品，所以较好的席都免不了，虽在极大陆的地方，也可以吃到海洋的产物。

在神木共住了两天，所得的印象很好，神木在陕北算是很富庶的县分，地方治安也很好，在旱灾的陕北，总算还比较过得去。

在沙漠中

八月七日早，从神木起身，我们的骡队因有一月多的训练和实习，起行下卸以及路上均很如意，时间也比初起身时节省得多。出城不久，即过河折向北，再向西北走。初人烟尚稠，过十余里后，渐不见村落。再前行即爬上高埠。至高埠顶上后，望荒沙无垠，风力所成的风向及背风向，起伏于沙岭上，行程至此，始真令人有沙漠之感。途中亦无地可以打尖，幸我们预备有食物，即在半途休息中充饥。再继续前行，愈行荒凉，惟沙岭少而变为草原，极与所谓戈壁者相似。因骡夫不认得路，竟走迷失，所幸此地尚非绝对无人烟的地方，还可以向附近遇见的人打听，得以不至终于迷失。下午到一小村，名叫黄土面，有一二店可住。顾名思义，此地当有黄土。

所以我们卸下行装之后，还可在附近看看第四纪地质，并采了几块石器。

次日由黄土面起身，所经仍为沙漠。惟沙丘下为固结之最新统地层，为我们观察的主要对象。傍午过一河，亦南流入无定河，而注于黄河，河两旁尽为沙漠，行旅极为困难。过河后不远，到一地名柴头沟，为一比较大的村子，附近亦多树木，亦有耕地，全因这支河的缘故。在此打尖并观察附近地质，下午仍西行，所经地方，荒凉又复如前，傍晚至一地，树木甚多，居民也不少，为自神木后所见惟一大村子，名叫大堡当。此地田园栉比，一切颇与内地相同，实可称为沙漠中的桃源，我们到的这一天，恰有赛会，并有大戏，因之格外热闹，家家都被人住满，我们竟找不到地方居住。好不容易费了九牛二虎之力，才得到一家院中，行李与人，都得露宿，幸天气很热，比在屋内喂臭虫还要好些。此地的居民，大半都是由南移徙来的，都是汉人，他们耐苦耐劳遇到可以耕的地，甚至不可耕的地，都耕种，此种精神，真可佩服。此地房屋很低矮，照例没有砖瓦，全由泥做成，家家差不多都有一个大院子。晚间在戏台前一游，所演的戏为一种变态的秦腔，并且十分粗恶，但此地能有此戏，也算不错的了。台下男男女女，熙熙攘攘，颇为荒旱中不易见的现象，或者此地既为沙漠中，耕地不大受一般天灾影响，而系一例外。卖小吃食的以及台下种种情形，都使人获得印象深刻的内地北方景象。

再次日，由大堡当出发，经柳巴滩，晚抵距榆林二十里之古城湾，沿途景物，与前两日所见相同，且更为荒凉，以南不远，长城遗迹隐约可见，颇令人起历史上的感慨和塞外的悲感。地质上所见的也如前，而更饶兴味，因在途中发现一极有趣的含化石地方，采集了很多的楔齿类化石，至少借此可以断定沿途自黄土面以来所见地层的年代。本打算今天赶到榆林，但因途中有耽搁，所以只得在古城湾住下，此地南距长城很近，长城在这里的比以前路上所见高些，炮台也还有不少，仍存其遗迹。

行路难

在中国旅行是一种艺术，不比外国交通便利地方。都市有都市的困难，乡村有乡村的困难，稍一不慎，轻则耗费时间，重则还有其他损失。这尚不说到治安问题，若是有土匪，当然更为困难，即无土匪，对付地方官署和士绅，也不容易，最困难的当然是军队。这是我们旅行中所得的抽象的总观念。若是一一列举起事实来，又得费许多话。可是凡老于旅行的人，对我所述，均能了解，也都同意。我们这一回旅行，因有些地方借住教堂，虽也另外有一种烦腻，但可免去其他不少困难。

除了人事的不便以外，还有道路的困难，中国交通不便，道路不讲究，稍不留神，便有危险。譬如我们在由府谷到神木间许多地方，在山谷中走，此一带夏季往往因急雨易发山水，所以未走以前，必须仔细打听。不但要本地天气如何，还要附及于将去的地方。听说有时烈日当空，亦有山水，乃因数十里外有暴雨的缘故。我们此次虽未遇到，但也不能不小心的。

第二个最可怕的，就是山陕北部人所谓"漏"，也就是我们那里人所谓"撮泥"。原来北方大河旁或湖旁，天雨以后，有许多部分，表面看去很干，或虽有泥水，而看去似不甚深，但一到内边底下，全是软的稀泥沙。稍不留神，愈坠愈下，可以整个地埋入其中，在渭河岸上，有时可将整个连车骡带人埋住。此等软沙泥地方，在我们由保德北行南到府谷，以及西到神木一带，好几次遇见。幸我们特别小心，所以无事。

还有一种漏，虽不如上述的危险，也有相当的讨厌。黄土道上，往往雨后，下部或侧面大部，被雨水侵蚀，只留浮皮，骡子脚又小，易插入，于是往往可以陷阱似地把骡马陷入土穴中。如陷入不深，骡子用力拔出，也要受一惊；如陷入很深，可把骡子半身陷入。因在平地，大半于人没有多大危险。此等情况，我们路上遇到好几次。

总之，在中国旅行，除人事的困难不计外，道路上的困难也不少，须随时留神。瑞典的艾迪生曾说我国只有足印，并无道路。可谓侮我国已极。但有些地方，却是实情。试问我们对于大多数大道小路，有什么人力的方法，使它宜于行旅。是不是仅凭人马自然的踏来踏去，而成功所谓路呢？言至此，实可发一叹。

小北京

且说我们八月十日清早离了古城湾，向西南行，不久就进了长城。长城虽已成废圮，但一进长城，对于山河景物，总觉得亲切一点，这实在是受了历史的旧观念的影响。二十里路不一会就到了城下。把城兵士照例盘问，我们说明原委之后，仍不让我们进去，据说要向师部请示。一会儿见我们护照上有中央字样，以为我们是中央派来的什么代表，于是兵士们对我们十分恭顺。又说师长要亲自来接。但不到一会，此等说法，已成过去。因为他们看中央下还有一长行字，始知我们为不大重要的人物，乃放进城。进城后，依德日进意，寓于城内天主教堂中。行李卸下之后，即到师部谒见此地师长。为井崧生，蒲城人，民国以来，坐镇陕北，对于陕北治安的维持，颇称得力。到师部后，因同乡关系，有许多人都彼此相识，或不相识而一提及姓名都知道。但井因有公事，未得见，乃返寓休息。

次日上午出榆林城，沿河而上，到城西北一带考察，采集了不少的化石。可为成绩最好的一天。下午井在师部请吃饭，所以未他去。饭后又游览城市，并到职业学校、师范学校等地参观。榆林为陕北重镇，所以学校还不少。城市也相当繁荣，并有小公园，花木杂列，若与城外的一片荒沙相比，自有天渊之别，所以榆林也叫小北京。学校一方面，一切设备还算完善，中学建筑尤好。倘与外界交通更为便利，这里的发展，当更有进步。次日上午，仍往昨日去的地点采集化石，下午则天主堂神父做东，请我们，井亦来，宾主尽欢，可算盛会。

在榆林住了两天，所得印象很好。就是地质方面，特别从新生代方面看去，也是很有兴趣的地方。惟风景上颇现荒凉，俗说"榆林城外一片沙",即已写尽榆林附近景色。但顾名思义,此地当有过榆林。变为沙漠地,当为近代事。据井君说,两边山上,现在还有榆树根保存。如果此话属实,更可证明我民族摧残森林的可怕。我们于十三日由榆林起身向南,沿大道行,初出南门,两旁有石碑石坊甚多,看去与长安大道不相上下。向南的大道,系沿榆林河,沿途虽过几个村庄,而荒凉枯旱的景象,随处可见。至此才可见真正的荒村苦况,远非都市中人所可梦见。南行四十里,到一地方名叫归德堡,虽有住户客店数家,而残破不堪。我们在附近做一点地质观察,在此住下,并在附近采掘一回化石。本地居民对我们面貌都很狞恶,令人对之,不期而生戒心。

次日由归德堡再南行到鱼河堡。鱼河堡的堡垒尚存在,不比归德堡那么荒废。但西北城外的沙子,不但已填满城壕,且已和城一样高。由外入城,可以不由城门进来。此等情形,即可证河套沙子南侵的激烈。倘陕北对于森林不讲办法,恐沙子的南侵,还会有加无已。也许若干百年之后,西安城也要和鱼河堡一样了!

在鱼河堡也因要看看附近地质,停了半天,住了一宿,天气很热,至不能耐。附近古石器遗迹不少,颇有些采集。

次日起身东南行，竭一日之力，晚上到了镇川堡。沿途经过几个盐池，路仍是沿榆林河，两边时有阶状地形，及新生代后期堆积可见。镇川堡地方很大，街市亦较整齐。我们住在一个大店中，见有北往榆林上学的学生，坐的架窝子，上边插的白旗，颇令我回想到六七年前在北京读书，每年回家的乐趣。此等滋味，只能成为回忆，而永不会再来的了！

在黄土沟中

由镇川堡东行，即到米脂县。米脂也是陕北一重要县份，城郭很好。但我们在此并未停留，即折南行。沿途有好几个地方，地质上均很有兴趣，但都未能久留做详细勘察。在一个地方找得一块极大的新石器时代石器，因太重不能携带，我们把它推在人不易损毁地方，留待以后采集的人。下午住四十里铺，介于米脂和绥德之间，为一大镇，位于榆林河东岸。所住之店，前边为瓦房，而后半则为深入于黄土中。可以说是一半穴居，一半房居，此等房陕北一带很多，纯粹的黄土住宅也不少，有的收拾得十分讲究，真是冬暖夏凉，比房子还好。陕北建筑上有一件极可注意的事，就是有的房子盖在平地，不与黄土崖连接，但其大致式样还是保有黄土洞的样子，内圆而外方。

第二天由四十里铺起身，南行四十里到绥德县。绥德也是陕北一重要县份，前尚有第四师范设于此。所以也是一个文化中心。城在榆林河西岸，我们为赶路计，未打算在此居留，所以也没有过河进城，即由此折向东行。计由榆林起身至此，都是沿榆林河，此河以南称无定河，东南流入黄河。我们由绥德沿一支沟东行，两边皆黄土高阜，以下有淡红土层等，确实岩床，仅于沟底部偶尔可见。沟道有时很窄，上望蓝天，一带碧青，俯视谷水，残流欲断，黄土沟中的情景，也可同沙漠地方一样地引起旅客的荒凉悲凄之感。

这一天由绥德东走了三十里，到三十里铺即住于此。在沿途所见情形，大体上极与山西保德、河曲一带的情形相似，我们在此也做了一点观察，次日继续东行，并在一地采得化石。一切情物，与昨所见的相同，令人印象最深的是晚上所到的石堆山。自绥德以东，沿途在沟中，眼界很窄狭，沟面即为大黄土高原。但一至石堆山，始知我们所站地位很高，东可隐约望见黄河河谷。中生代岩层上的黄土一类的堆积，全被以后侵蚀洗去，露出秃山，仅偶有小小部分尚残留着一片一片的黄土。此等事实，不但可证明所谓黄土，覆盖于古岩之上，不过较薄的一个包皮，其厚度远不如前人想象的那么深，且可见以后侵蚀的剧速。是夜所住店中，臭虫特多，十分猖獗，几至一夜不曾合眼，也是印象很深的一夜。

黄河渡口

八月十九日，由石堆山起身东行，初所经道路，为中生代的山地，道路崎岖，行走艰难。行八九里后，回视石堆山已高悬山顶，益与昨所见参证。再前行即入一沟中，不久沟中亦有水，因之渐有树木，景物上远不如以前的干枯。沿此谷东行，愈走景色愈好，再前即为黄河所阻。从府谷与黄河作别，到此又遇见了，沿河北行，至宋家川，归吴堡县管，为黄河渡口，系东西交通孔道。从石堆山到宋家川，仅四十里，所以到此很早。在此地邮局中得收若干北平信件，知一切安好，颇慰旅怀。下午上两边高处探查，可以清楚地看出这一部分的黄河历史，两边地层与其彼此关系，与在保德以北看见的大致相同。回寓之后，访本地公安局长，一见相谈之下，始知局长薛君，为民初在西安的老同学。他为吴堡人，在地方

48

上：吴堡渡口一

中：吴堡渡口二

下：在黄土沟中（山西中阳）

沙漠中的树（大堡当）

服务，而我与之在此相逢，亦算奇遇。据说县长渊君，为我们旧日的博物教员，惜距县尚远，不能去访。

次日天阴雨，黄河水又大涨，但我们为赶路计，决仍过河，乃至渡口，而船急切预备不好，一刻不能开，我们乃在雨中到岸旁小谷中视察，得古石器若干。船开以后，初尚平稳，但一到中流，浪非常大，与由保德过河时不相上下。过河后即到山西境，镇名军渡。下船后检查甚严，时天雨不止，衣物尽湿，乃卸行装于一店中少休。

是日一天，天雨绵绵不止，困处店中，颇令人心焦。傍晚天雨略止，夕阳从薄云中呼之欲出。近望黄河的对岸吴堡县，城在西北，高挂黄河高岸上，西南河滩为宋家川，那就是我的家乡所在的陕西。这滚滚的黄河水南流到距我家乡不远的潼关，而又东去。我呢？也是旅踪飘泊，同这滚滚的水也差不多，一任浮流罢了。

再次日天虽未晴，但雨已住，乃于上午到以北东山顶上去看，以与在宋家川那边所看的相对证。因在此地两岸高处，都发现三门系介壳化石，所以于地史引证上颇有兴会。下午由军渡起身东行，从此又与黄河作别，不知几时始得重见。从军渡以东，有一事，与陕北迥不同的，就是已有汽车道。

虽然还没有汽车来往，虽路还没有十分竣工（但路的基础已大备），虽然我们还骑在骡子上慢慢地走，但一看到这时代的产儿，精神也为之一快，仿佛已进了好几世纪似的。这可见山西比陕西物质进步上，较进一筹。路沿一山谷，西行十余里，已达高原高处，约高出河面一千五百公尺。由此舍河谷越岭，红土黄土堆积，沿途分布很多。又渐下降，计共走了二十里，至薛村。镇很大，地有河流，可资灌溉，所以农产旺盛，地方亦较陕北所见各地富庶些。

在薛村住了一宿，二十二日又起身，由此向东的大道，经柳林镇离石县以达汾阳。但我们为观察山西最西南部沿黄河一带地质计，决由此南折，过离石河入一支谷中。天气上午还明着，下午细雨不止，难以行走，勉强走了四十里，到一镇名叫许家坪。附近有许多有兴会的东西可看，我们采了很多的化石和古石器。所住的店十分简陋，这一带的店多为居民副营业，一方面耕种住家，一方面客人也可借住。店主媳妇的装束，为交通便利的地方绝不可见的。其束发的样子，后边高高凸起，蝎子尾巴似的，和我们家乡影戏中所见的相同。此等古式，已为数十年前物，而在此孤陋地方，还保存着，若借以判别文化时代，不免要后退半世纪。

今天终日郁郁不快，并非因阴雨中旅行，实因这天为父亲生辰。去年此时，我在家，父亲尚忍痛谋家事种种善后。去年此日又为二叔去世百日纪念，故家中略有仪式。当日家中情况，及父亲音容，尚历历如在眼前，而今父逝已半年余，家事校事俱陷万分困难中。我又做客异方，随地飘零，虽对山水感觉自然科学上的兴趣，然一念及老父与个人家境，则此荒山野水孤村冷店，与夫一草一木一砖一石，无非成为引愁资料。工作归店后，细雨不止，益增人愁苦。人生遇此，真所谓大无可如何之日也，还有何可说！

旅店中的雨夜

二十三日天雨已止，乃收拾起身。一因路道泥泞不易行走，一因沿途所经多为有兴会地方，随地采集并观察，因此一日之力，才走了三十五里，到一小地方名叫什么牙岔。在一小河旁，居民只有三五家，地极荒凉。第二天又爬一山脊，路很难走，过山后沿屈产水以达石楼县。石楼县虽简陋，但比在陕北所见情形，似还好些。

廿五日本欲起身，但自昨夜下起雨来，竟日不停。旅店中的烦闷，挥之不去。幸可与德日进谈谈各种事情，但他因天雨而感到的烦闷，并不在我以下。所以说不到几句，便不知不觉地又谈到天气，而又无办法，其结果仍是无聊，硬混时光罢了。

我们在阴雨中，又听到些地方上的消息，就是据县政府的人和本地人讲，向南向东，地方上都不大平静，时有土匪出没。我初听此消息，十分惊异，因为山西是所谓模范省，向以地方治安好著名。就我们此次旅行的经过，除在河曲县有若干不平静外，其他地方，全都很好，何以这里不模范而平常了呢。后经打听，才知一来因此地一带较为偏鄙，自来模范的程度差些；二来时有陕西中部一带的土匪，在山西运烟土，其行为与土匪差不多。由陕西来时，带的是烟土，当然是全副武装保送；回去时路上无事，若遇有可意客商，所以也有时打劫打劫，练习练习，免致技痒，并也可增加收入。地方政府因关系复杂，也竟无法，所以大体讲来，并无大股土匪盘踞地方。但我又听另一位讲，以东某山上，官军与土匪正在开仗中，其详情不得而知，好在我们打算南行，也没有仔细打听的必要。

因路上既不大平靖，地方当局允派两个保安队护送我们

54

前行。他们虽有武器，也不过那么回事。我常说出外遇危险地方，请兵或民团保护，实是一种心理治疗法，聊以自己壮壮胆罢了。二十六日起身，一天到隰县，次日由隰县到大宁，二十八日由大宁到一小地方名叫下坡地。二十九日由下坡地过吉县，到三堠镇。三十日自三堠镇过乡宁县到填平。几日来虽地质上不时有兴趣观察，但景物上却没有什么特别可记。我只能依小说家的有话便长、无话便短的老法子，很快地丢过去。但这一段所见，也有一点引起人感想很深的，不妨说一说：

最令人感觉的就是森林的摧残，在山西、陕西以北许多地方，所经差不多完全是秃山，森林早已被摧残，好像一个人死久，骨和肉都没有了，不大引起人的悲思。独在这一段路上的许多地方土山坡上或山脊顶上，还有若干的树木，但看不到维护的样子，而被摧毁的情形，却到处可以看到。换句话说，就是自然长的林木，正在被人摧烧，正和一个人正在被杀，或刚才死去，血迹殷然，安能不令人难受呢？

再次就是交通困难的样子，此地距大道已远，算是边鄙地方，而又是崎岖的山中和高原上，所以交通上连车都没有，只有人走或是骑牲畜，我们的骡队到此，已算是最进步而最阔绰的交通设备了。

在丛山中

由乡宁南行，路渐上高山，一夜住山中一小地方名填平，虽不是顶高处，却也算很高的地方，大约因为地势较平，所以有这个名称。此地只有一家客店，简陋非常，数年前德日进与桑志华在山西南部旅行，曾经此地，据他说他们也曾由此地经过并在同一店中同一房子过夜。这间房，黑暗无光，一个大炕，几占了全屋面积的十分之八，炕头有一大锅炉，那所余可以住人的地方，至多不过十分之一。他说时隔数年，重过荒山中同一地方，有说不出的一种异感。

我们在填平的那一夜，天晴，空气清新，又很冷，虽所住旅店如此简陋，而傍晚山中的景致与夜间万籁俱寂的情景，令人印象也很深刻。大半人生静思动，动思静，老是环练似地连续着。人生的经历，也就这样的印成了。

三十一日离填平南行，仍在丛山中，路较前更崎岖，所特别的就是过填平以后，有好几处山坡上，还有比较好的丛林。大约因此地为石山，不宜于耕种，所以还勉强保留着。行不久越山脊，过分水岭，已为山的南坡。沿一河谷南行，沿途杂木横生，野花放香，谷中流水，两边奇石，都呈佳趣。午到一小地方名叫圪丁石，从前德日进在此采有若干奇异之寒武纪化石，但不充足，我们过此，特意停留，以便多采集些。化石在石灰岩上，且在一小瀑布旁，石光而硬，极不易工作。第二天上午还工作了半天，下午才离开圪丁石南行。河谷时宽时窄，羊肠曲折，于观察地质中，流连两旁风景，旅途中一切麻烦与身世的苦闷，都可暂此忘却。

行数十里后，即出山谷至平原，又是一种风景，出了荒山，东至农产茂盛的平原。田园栉比，村舍相望，风景颇与我的家乡相似。最引人注意的除许多别的树木外，是柿树到处都有，真令人不禁起了乡思。此次旅行至此，为距家乡最近之点。家变如昨，父亲新葬，而又家事崩坏不可收拾，安能不令我西南引领，不胜依依呢？

南行地势渐下，至稷山县，已到汾河岸上了。所住在东关大街上，街市比之石楼、隰县等县当然好得多。昨日因在圪丁石没有睡好，兼又受冷，以致今日一天身体发热，下午愈厉害，仅能勉强工作，到店后即休息。

上：茫茫不尽的征途（山西乡宁）

下：旅店中包理标本

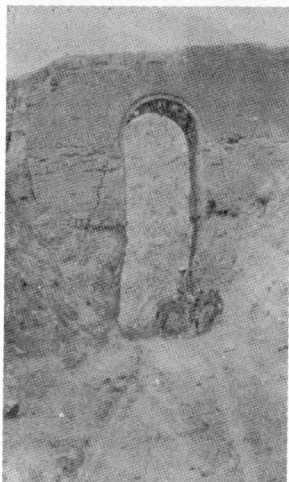

上：汾河上船桥

左下：黄土沟与城楼

右下：灵石县的"灵石"（陨石）

九月三日早南过汾河，看看汾河近岸的地质。河水很大，过浮桥，或可叫船桥，即以木船连接浮于水上。上至汾河南岸土原上，北望前数日所经之山，峙立如屏。向以南远处，亦可望见凤凰山，流连许久，始寻旧道返稷山，下午即由此起身，折而东南行，发热比昨更甚，几难支持，行五十里，到一地方不大记得什么名称（柴镇？），即往下。到店后病势更重，更急，颇怕为传染急症，德日进亦甚担忧，看护周至，至可感激。在此没有可靠医生可请，只有忍耐着，第二天上午休息了休息，较昨略轻，乃仍起身，走了六十里到故城。九月四日赶到临汾。为一大县，有教堂，乃去访一英国医生加以诊察，幸无大病，才放了心。

溯汾河而上

沿汾河一带地质，从前德日进与桑志华已看过，并有报告。我们此来经汾目的，在把山西西部、陕西北部等处所看的淡红色的地层，与沿汾河的相当堆积，做一比较。其结果有的证明以前的观察不误，有的也校正了以前若干谬说。从临汾北行，经洪洞、赵城等县北上，沿这一条路已有很好的汽车路，交通较为方便，物质上也比以前的地方进步得多，但关于我所感觉兴趣的材料，却不十分丰富了。也因我身体有病，精神来不及，所以虽有许多地方，因我注意力不及，疏忽过去了。

我们一直沿河北行，过灵石县看了那块大陨石，即灵石名称的由来，由此再进，到崔家沟，看看地质。再前过介休而至平遥，平遥为交通上一要地。因不但南通潼关大道，而又西由汾阳过军渡以达陕北，因之地方十分繁盛。由此向太原有两条路可走，一是绕太谷，较远，一则取道徐沟。我们为快计，决定走徐沟，过徐沟时，遍街上贴有关于什么徐沟惨案的标语。究竟什么是徐沟惨案，内容如何，我因匆匆过境，无从打听，也无心去打听，我只觉得到此地已感觉到我国内最流行而时髦的空气了：贴标语，散传单，发宣言，打倒，拥护……这些把戏，幸而在偏鄙地方还看不到。一到这里，才感觉快要到大的都市了。

经过徐沟这一段路上，有许多有趣的事情，使人不易忘记。沿汾河的汽车路，由平遥过太谷、榆次，而到太原。所以过徐沟的这一条道上，荒凉起来。本来这一条路是大道，路的宽阔样子还看得见。只是车已绝迹，许多地方为泥水盖满，有好多地方非常不容易过或竟不能过，这路正和长城一样，也化石化了。因此我们有时须避开大道，找小路走，但地理不熟，在广漠的平原中，又有秋禾遮着视线，因之常常把路走错。到徐沟以后，索性听说以北直通太原的大道半为泥水填盖，无法过去了。据本地人讲，惟一的法子还是到榆次，然后由那里再走太原。原来我们由平遥过榆次的目的是图近，而今适得其反，真可说是弄巧成拙。

这一条大道所以不能走，自然是因已有了汽车道。但这只是片面的说法。山西境内只有两段很短的铁路——一部分正太，一部分平绥——汽车路虽较多，但也有限得很，何以别的大道便如此衰败？在外国，铁路密如蛛网，汽车路随处都有，而并不见废弛。如莱茵河河中有上下轮船，两岸有平行的铁路，交通不可谓不便，而一般的路，还是非常地好，走的人也非常地多。如此看来，当然另有原因，绝不是汽车路一修、大道废弛的简单论断所能说明。别的事业不发达，人民对于路政不爱护，而只怪汽车路，汽车路未免太冤枉了。

且说我们因向北不能走，只得东绕榆次。但根本不知道路，只得找了一个引路的。这位引路的很有用，我相信若无他，绝不会找到榆次，或虽可到而要费很大的气力。因所过的都是小路，在秋田中，极不易找。因在徐沟耽误稍久，走到半道，天已黑了，前边又遇到一条河，这河就是洞涡水，自东来西注于汾河的。河水很大，时又天黑，恐怕有"漏"，幸由本地人探试前行，得以平安渡河。过河后仍沿河走，这时已不大看得清白较远的景色，虽有明月，但因有云雾，并不明亮。还走了约有一点钟才到一小地方，距榆次还有八九里，夜行不便，只得住在这里。

第二天是九月十三日，早起后，见所住的地方就在河的岸傍。附近秋禾繁盛，树木也很多。起身后渐走人烟渐稠，景物亦愈佳胜。不久即到榆次县，看到汽车，看到火车。在榆次未停，对城市也未及细看，即径北行。初沿铁道，后距路轨较远，至此距洞涡水已远，地势略高，风景已改变，完全是北方黄土地方的样子。傍午走至太原，依德日进的意思，住在该地天主教堂中。太原的天主堂在北门内，我们进南门，差不多横穿全城，至教堂已下午四点钟了。

太原的一瞥

太原我并未到过，所以一切还觉得新鲜。这时候的太原，在中国政治上颇占重要位置，此时冯玉祥已到晋祠，北方时局俨然以太原为中心。但我们对此也无从下评判，我们的希望只是国家可有进步，不只以标语宣传等东西自欺欺人。

在此我们打算由火车回北平，在大同雇的骡子，已用不着了，计从大同出发，每天六骡，每骡每日洋一元六角，数十日来，除临时在几个地方小住外，可以说是骡上的生活。我们的骡子大体上还都好。德日进的那匹，尤为可爱，健壮而忠实。我的那个黑骡稍差点，途中使我掉下来数次，但总算还好。其余的也都及格。至于骡夫呢，固然有几个十分捣蛋，但细想起来，他们也为生计与环境所迫，当时虽不免令你生气，事后觉得可恕。今至太原，一旦要与两个半月来共同生活的一群人一群骡相别，也觉不快。我们没有它们，如何会绕这么一个大圈子，如何会有若干成绩，如今它们舍我们而去了，临别的时候，我照例说："明年再见罢！"

打听京汉的车，说是即由太原起身，到石家庄，遇不到特别车，所以还不如在太原等。下午我们到城东看见黄土堆积，到了第二天，索性无事，只得游览游览城市。城内除一小小公园，有水一池及杂耍若干外，无可游玩的地方，街市热闹，到处无非生意铺子。到山西大学找新常富，想看看山西大学的地质系，因在假中，新又回国，未得要领。都市虽有部分很繁华，而无多可观，太原给我的印象不过如此：繁华而荒凉，热闹而孤寂！

在太原住了两天，九月十七日由太原起身，到石家庄。十八日即乘北上车回平，三月的旅行，算是结束了。

满 游 追 录

引子

我前在北平求学七年，足迹最东只到了一回天津，还是
六年暑假后北上，因大水灾京汉不通，绕道徐州、天津而返
北平的。十七年二月由德取道西伯利亚回国，才有机会看一
看东三省，自然是由满洲里经哈尔滨、长春、奉天、山海关
的这一条路。但那时完全在火车上，又没有十分停留过，差
不多一半的时间全是夜里经过，所以也看不到什么。《去国的
悲哀》中一点零碎的感想，也不过万一中所见的一点，决不
能代表整个在东三省所见的一切，但这却是我生平第一次经
过东三省。

十七年这一年，是我生平最不幸的一年。家宅被焚掠，二叔遭害，慈父病逝……以至陷家境于不可收拾的地步。但我对所学所事，仍不敢存一日灰心的念头，因只此一点，可稍慰父心于地下。所以数年以来，还是兢兢业业地做分内的工作，除在北平及附近的周口店外，还做了几次旅行。这一次满洲旅行，是回国后第二次地质旅行。由出发至回平不及一月，而所见所闻，又很零屑，所以最初没有打算像山陕旅行一样地记出来。不过现在回想起来，零碎虽零碎，而究比上次所见的亲切些，详细些，因此决也把所见所闻大略地记下来，作为重过东省的一个纪念。

葫芦岛

　　十九年四月二十三日晚，车由北平出发。这时距结婚仅只两星期，不免有些儿女的私情，可是绝不能以此误却正事，国桢很了解这一点，所以表面上也欣然促我就道。车将开的时候，她和外舅母及她的妹妹弟弟等一律到站相送，这一送倒引起了无限的惜别情绪！不过转念一想，以前旅居北平，将近十年，过的全是旅店式的孤独生活，如今在北平，居然有了家室，远行时居然有这许多的人相送，心中反为之一慰。一会儿汽笛一声，车慢慢地移动，在彼此以目相视，以手表示别离，默祝平安时，相距已在数十尺外，渐渐地望不见了。

地质调查所和我们一前一后赴东省调查的有两批。一批是王恒升和侯德封君，另外有两位北票矿上练习员随同考察，还有就是德日进和我。他们前几天出发，先往葫芦岛该地考察地质。我们现在也是往葫芦岛，意在会到他们以后，一同北往通辽及其他地方。调查虽有两批，而调查的性质稍微不同些。王君一队，所注重在一般地质的调查，又特别注重有用的矿产。我们也注意于一般的考察，不惟特别注重于化石的搜集，尤注意于新生代地质的观察。因为本年东三省情形很好，治安也无虑，所以翁先生向东省当局接洽妥当，使我们有这么一个好机会前去考察。

一夜车中，无事可叙，次日午，就到了连山车站，为往葫芦岛的支线的分岔的地方，所以在此下车。车站人员因知我们前来，所以招待特别周到，遂即赶上赴葫芦岛的小火车前往，因相距不过三十多里路，所以不到一点钟工夫也就到了。到后即由监督开港事宜的人员招待，随即移往给我们预备的地方。王君一行，因出外调查未遇到。我们稍事休息后，也到附近看了一看，晚间始与王君一队全体会晤，自有一番欢喜。

葫芦岛实在不是一个岛，乃是一个小半岛，在辽东海岸西岸，恰和东边的营口对峙，距北宁路线很近，无论就商务上或军事上讲，都是一个很好的港口。所以东省当局很努力地从事建设，一方面可以对付日本帝国主义的侵略，一方面也可以自树一个海军的根基。不料计划已有数年，而还未十分成功。现在仍努力从事，不久将举行开港典礼。此地地质的调查，也是应当局需要而从事的，这不能不算万分纷乱时局中，一件可以当得起"建设"二字的事。

且说我们在葫芦岛住了三天，食宿均由当地招待，白天到野外看看地质。此半岛的岛脊，正是一个山脊，三面环水，当涨潮时，波浪不住地向岸头打来。又远望海水接天，别是一幅画图。自从十二年我去国时，看了海景之后，这是第一回在中国地面看到海景，自然有一种愉快。

照原定的计划，我和德日进到葫芦岛，并不打算久住，意在与王恒升君一队共同往通辽，因他们早来数天，当可竣事。不料一来因此地调查不能照预定期限了事，一来因他们还要到以西一百多里的锦西西南某煤田考察，因此我们不能不决定暂时的分道扬镳。我们打算由此往北票一行，并附带着看一看那一带新生代地质，然后折回北宁线，约定和他们在打通北宁分岔的打虎山车站会齐。如此一来，我们的时间不至白费，可多看一个地方，而又可与他们有联络。

到东戈壁

四月二十七日，由葫芦岛起身到连山，转车到锦西县，又转往北票去的车。由锦西往北票的支线，沿路布置尚可观，车亦整齐。初在平原，继入山地，虽沿途地面情形可以看到一二，但车行太快，难做详确观察。晚即到北票，在北票住了两天，北票煤矿公司竭诚招待一切，使我们得看看附近的情形。三十日由北票东回，过沟帮子，到高山子车站附近，有一小山为石灰石山，且大半被采掘，乃下车看看，果然与周口店的很相近，也有裂隙堆积，不过可惜没有找见骨化石，而此地石灰岩也不是奥陶纪而是震旦纪。

高山子车站很小，附近也没有客店，我们与车站长交涉，就住在站上的公事房里支开我们的行床。但这房子只有一席之地，两床一支，几乎转不开身。附近只有卖烧饼和面的，就买些充饥。虽然在主要路线上，而此地显然很偏僻。由车站后西望，平野一片，茫无村落，时近黄昏，尤感清静非常。这地方虽小，却睡得很舒服，人疲觉夜短，一夜易过，已是次早，即搭车到打虎山。

打虎山距高山子只十余里，片刻即到，此地为北宁线的支线，打通路的起点（打虎山到通辽），所以交通上是一个重要地方，但地方却并不大，房屋很简，或者是正在发展。人性非常狡猾，令人起一种不快之感。下车后，初到一旅店，地鄙小而索价甚昂，乃至另外一个，也不便宜。但无法，只得将就住下。稍息以后，即出外上山。我们本来计划是在此与王君一行会齐，以便一同北赴通辽，不料候了一天，还不见到，次日我们乃往以北不远一煤矿八道壕去一看，在那里采了不少的白垩纪化石。早乘车去，晚赶车回，王君一行还是不来，无可奈何，我们乃决定起身。起身前，当地兵士查店，盘查得很详，我们的任务说了半天也不能令他们明了。临上车时，店房把账开来，比在北平住上等旅馆还贵，可谓大竹杠。

五月三日上半天车行，打通线，中途由车窗外望，已固结的沙丘连续不断，茫茫旷野，荒凉异常。此地样子已与前在河套南部所见相差无几，所不同的，河套南的沙丘正在活动，这里则已固结了。车站到车站距离也很长，在车上看，许久

72

也不见人烟，倘若我们是步行或用骡子，那当然更愈形荒苦了。

　　下午到通辽，下车的时候，正是狂风骤起、尘沙飞扬的天气，数十步外不能见人。车站又是才成的临时站，距市尚远。幸于狂风中雇得俄国式的马车，这种马车，此地很多，可见外人东西之来我国，真有无孔不入之概。我们到此，首先要找的是铁路上工程处韩君础石，因由王君介绍，可资照拂。马车在路上跑了几个来回，好容易才找到了。一切由韩君招待，我们当然不感觉什么困难，我们至此，只有候王君一行到来再前进。

　　照我们调查计划，是先沿铁路走做初步观察，如遇有兴会地点时，再下车，或到最终地后再折回，详为考察。但由打虎山来至通辽一带，虽在车上，已可看出地质上之无何兴会。因地形为旷野一片向下切蚀出的露头，非常地少，而旷野上不是已固着的沙丘，便是荒草或沙石。据韩君讲，通辽以东以北数百里，全是如此，以西距兴安岭山脊亦需数日之力始可达到。这样说来，通辽地质与天津、北平间地质同一是不大可能的了。

　　但我们到通辽的次日，决做一小旅行，以期万一有所得，惟一可去的地方就是辽河岸。希望在河岸可以得到切面，或者于河谷的历史可以有发现。河岸距城市还有数十里，雇马车去，不一会儿就到了，未到河的岸畔，即大失所望。因河仍流于茫茫旷野中，地势极平坦，无甚可看。河很宽，两旁均为新成的泥沙，下切不过一二尺，只得由原道返。

下午王君一行来，相遇甚欢。会谈结果，北行由小道往洮南，因地方不靖不易走，西行又较远，且不便，结果决一同搭火车过郑家屯赴洮南。我们旅程的另一目的地，就是洮南了。

二龙索口

五月五日，由通辽起身，这天天气无甚风，而一切又赖韩君照料，所以很方便。差不多一直向东走，也完全在平野中。这条路也是新成的，所以各站均尚简陋。也是因地方荒鄙的缘故，不能充分地发展。将到郑家屯时，始望见东北不远有孤山峙起，殊饶兴会。郑家屯在地质上当比通辽有趣得多。可是此时票已买到洮南，而行李也挂的是洮南的票，事实所限，只有前行。在郑家屯须换由四平街来的车，两车时间恰相接，省时省事。转四洮车后，见车中一切，与南满车中布置无二。

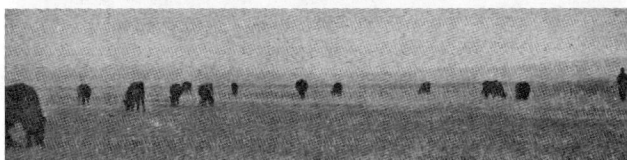

上：六牛犁田（兴安屯垦区二龙索口）

中：荒野牧牛（兴安屯垦区二龙索口）

下：马鞍山（兴安屯垦区二龙索口）

上：哈达庙帐幕

下：骆驼队由哈达庙出发时之情况

其他铁路上设备，也仿佛是南满路的模样。此路名义上虽为中国的，而形式上、灵魂上，早已是日本的了！

到郑家屯即折北行，初为低山地，不久仍入大平原中。傍晚到洮南。下车后入市，街市距车站还有五六里路，也要坐俄国式马车。寓一大店中，店中一大院子，四围为房子，并有炕，一切还算清洁。在此住下，觉附近亦无何可看，且兴安屯垦区的政治中心不在此，而在以北距此不远的洮安。到洮安与当局接洽后，始可决如何做旅行。因王君系受地质调查所与此地屯垦督办邹作华之约而来调查矿产，德日进与我则借以看看新生代地质。

次日由洮南上车到洮安。洮安距洮南很近，不到一点钟即到。到车站时，邹派人来接，寓一旅店中。城市为新建，距车站不远，旅店也是新盖的，据招待的人说，明日可见督办，再定调查计划。下午我们至郊外铁路上一采石子处，深掘可四五尺、三四尺不等，全为或厚或薄之砾石层。其年代因无化石，不能确定，但大半当为三门期的堆积。

所谓兴安岭屯垦区，在东三省，差不多是一个特别区域，督办邹作华在此地锐志开垦，使以前荒僻之地，大有逐渐繁荣之势。此等精神，在内地尚绝无仅有。洮安城之一切建筑事业，前途定有可观。我们在此的希望，是借此能西行，一探兴安岭。倘当局能予以方便，则于最短期内，可成此工作。七日早见邹先生，邹为人颇精明，其衙门亦简洁有生气。接见之后，便问德日进是否当过兵，德答道当过，又与我们均作数句简单谈话，对于我们请求之赴兴安岭一事，以为外人绝不能去，因恐有探搜秘密的危险。至于中国人虽可去，但须候其拟招之某君来后，始可再商。于是我们虽见了督办，关于旅行的计划，可以说全无结果。大家不觉失望，悻悻而返旅店，无聊已极，然既已至此，只有静候罢了。

后在督办署中谈话所得的口气，和我们讨论研究的结果，知发生困难的原因有好几个，第一是德日进的关系。德见邹时，打的裹腿，所以邹一问便问他当过兵没有。据他自己说，他于此为内行。殊不知德虽当过兵，却为纯粹科学家，且系神父。我们虽再四为之解释，终解不了他的疑心。第二仿佛邹觉得我们一行，都是年纪很轻的学生，不像阿奈尔脱（俄人，邹曾请他看过矿产）那么年老，又有白胡子，似乎不相信我们还可以会看什么。总而言之，不放不知底细的外国人去，又不信中国人能力会看什么，因之不免犹豫起来了。

在洮安闲住着，非常心慌，又兼感伤风，喉痛咳嗽，极为不快。因从北平起身时，天气已很暖，只带了较薄的衣服，而未备很厚的。至此天气一变，尚是初春景象，所以不免有些伤风了。一直等到五月九日，才稍得邹的谅解，允许我们到以西二三百里的二龙索口一带去看看。因该地有煤矿，并已开采，且已请俄人阿奈尔脱看过。也许邹的意思，是先借此考考我们。但无论如何，我们能有此机会一去，是非常高兴的。

由洮安起身，共两个大载货汽车。除我们外，还有在二龙索口采矿的某君，另外有十余兵士随从，以示保护。自洮安出发，起初一百余里都是平地，村庄也很稀，午间到一村中休息，居民因见我们，都把门关了。后经交涉，始得入内，吃喝以后，并未给钱。据他们讲，到东北凡到民家只要被招待，照例无须给钱。如给，主人反不好受，由此始悟奉军迭次在内地驻扎，对民间也是如此的理由！下午所走的路，渐有低山，庄村尤稀。因路上延误，至日暮尚距目的地很远。因之只有夜行，也辨不出附近是如何景象，幸因有某君，不致迷途，终得到二龙索口，即寓采矿办公处内。系在一民房中，屋低而小，十分简陋。更有技师二位，均内地人，对我们十分和蔼。

次早起来一看，见所住的房，院落很大，房屋构造非常简单。墙由石或砖砌成，顶上横以细木，上盖草即成。我们在二龙索口共住了五天：第一天看附近地质。第二天往西走约十五里，到放牛山。第三天做了一个较长的旅行，向西北坐汽车去，走了七十多里，到马鞍山。该地有铁矿，因去一观。沿途所经地方，颇有兴会。马鞍山风景较其他山都好，有多久不割烧的野草和矮矮的小树林。惜我们时间所限，急去急返，无暇流连。第四天到以南数十里的四尖山。第五天到东北方去看，惟因天雨，中途又折回。此地为侏罗纪煤田，但因地质构造关系，殊不丰富。

在二龙索口一带观察的结果，印象很好，就是我国人正在努力垦殖，而此地外人势力，可以说是完全没有，若与北满、南满沿铁路地相比，真有天渊之别，若能发展，实是未可限量。以西虽距兴安岭尚远，而我不知是否可去，但由东往西，总算走了一程，而且居然见了许多山，也可说是不虚此行了。

十五日由二龙索口回洮安，仅有一二地方去看。今天为家庭惨变纪念，我飘泊无定，家事仍不可收拾，所以终日为之不快。回来幸无耽搁，傍晚即到。到后即决商进止。由各方观察，在此屯垦区内，似难如意工作，乃决离此他去。王君一行，拟北往黑龙江，至龙江以北，但须先与洮昂路局长万国宾（在洮南）接洽。德日进与我因偏重新生代，决由此直赴肇东，因多日前，彼处曾发现有骨化石，欲去一看。决定以后，即定次日离洮安，在洮安先后住了多少日，觉一切都很好，惟对我们大猜忌，使我们不能如意工作，未免有些遗憾！

昂昂溪

十六日由洮安起身，与王君一行作别，各道珍重，并托王君转洮南万君处请为保护，因王君拟即日赴洮南接洽。车开后，随时注视两旁风景，仍大半在茫茫平野中。惟将过嫩江时，有些地势的剖面，非常地好，很有下车的必要，惜我们票已买好，只有前行，这便是用火车做地质旅行的不方便处，此等地方，比较起来，用骡马太慢，用火车太快又不如意，还是小考察团用汽车的办法最好，但又不易实现。过嫩江向北行，地势尤平，下午到昂昂溪。

昂昂溪为中东路的一车站，由洮南至龙江的南北铁道，在此地交叉，所以交通上算是一重要地方。我们下车以后，拟入市找一旅店住下，由站至市，路并不远，而索价极贵。到市后，至招待我们住的旅店中，窄小而污浊不堪，白日入内，已令人欲呕，对德日进我实在有些难为情，此等旅店的污浊生活，稍文明的国家，绝不会有的。但我们至此，亦无法，乃将行李放下，然后与德日进至郊外高冈地方一探察，期望可以找到较有兴趣的地方。及一到后，始见遍为沙丘。地质上昂昂溪完全建于沙丘之上，不禁令人失望，废然而返。闻以北不远，即有石器很多，但我们今天不能去，且亦无去的必要。市外有庙会，且有大戏，所演的什么，无从知道，但看的人非常的多，戏场中情况，与去年在河套南大堡所见，大致差不多，而比较都市化些。

此地街市，除中国商店而外，俄商也不少。居民中白俄亦不少，完全是中东路的关系，市上卖的东西，中西俱全，较大埠差不多也有些半殖民地化了，可为一叹。我们路上计议，此地附近，既无东西可看，乃决即日东往肇东去，听说大通车夜十二点多有，因此我们因怕在那污浊的旅店中受苦，决移到车站上去，计划已定，即决搬出。店主初不愿意，但经允付若干钱之后，也就允许了，少不了又被敲了一竹杠。

车站虽然人多，但比之店中却清洁得多，要吃东西，站上卖食物处也可以买，方便得多，因此我们不能不庆贺我们计划的成功。但车到半夜才有，此时不过下午四点钟，要在站上鹄候八个钟头，也实非易事，无聊时到站外一游，站外长街市清洁异常，树木杂生，与昂昂溪市上相比，不啻天渊。盖因此地多为俄人住所，相形之下，令人惭愧无地，我国人不争气如此，又安怪外人日日谋欺我呢！

太阳落后，我们坐在候车室中，彼此均感烦闷。到十点多钟因站上快要卖票，人渐多，又得时时留神行李。一会儿忽有二兵士到我面前，问我是不是姓杨，同行的外人是不是姓德，我很惊异，何以在此会有人找我们。接谈之后，不禁好笑。原来王君到洮南后，请求万国宾设法保护我们，于是由万用电话通知省垣，又通知昂昂溪的军警两界，当地奉到命令时，我们已下车了，所以车站不曾遇见，而他们拼命地在街市搜寻，沿旅店去找，竟找不到我们的踪迹所在，万不料我们会在车站上守候着。直到将开车时，他们才到站上，见我们为一外人一中国人，乃探询，遂得找见，其实我们所需要的只是安全而不是庄严的保护，在沿铁路地方实可不必。十二点半车开，我们在车上还可睡几个钟头。

肇东的失望及归途

天明到天草冈（？），下车也有人来招待，导我们至一旅店中。旅店很大，也还相当地干净。不过大家还都未起，一二茶役导我们至一屋，照例有一很大的炕，上面放一小炕桌，吃茶吃饭都要在炕上，和山西一带大致相同。稍微休息之后，我们即决赴肇东。由此可坐汽车去，当地军警，还派了四个兵随行，据说由此往肇东，不十分平靖时，有匪类出没，那么此等心理的疗法，也许竟用得着。由天草冈赴肇东，虽过一二小阜，但大致为旷野平原，无特殊之露头可看，肇东附近，全为所谓满洲黄土，地形上无剖面，我们至距肇东数十里，即感觉此地无何希望，但前人言之有据，也许有出乎意料者。

肇东县城并不大，但还整齐，入城即寻一小店暂住，其店比在昂昂溪所住的，些许好一点，稍息之顷，派一人去送一名片到县长处，一会儿县长派人来，以旅店不好，请我们到商会去住，我们始不愿，但乐得有干净地方住，也就搬去了。搬去之后，与县长及当地人士谈话，遂即说及骨化石事，据说以前所谓发现骨化石，为前任杨县长任内事，杨已他调，现任不大接头，又说所谓化石系采自某井中，一存学校，一则已不知去向，我们急请将存在学校的那一块拿来一看，半天拿来，为一大腿骨，最奇怪的是该骨的化石程度、颜色和其黏附的土，同山西、陕西一带产的上新纪化石一般无二，绝不像本地的产品。问他们此化石系从何处得来，说是自某井中，询以年月，有说已十余年，有说已五六年，有的且说不知道，于是使我们更相信，这块化石来源的不可靠，另一块已失，无法旁证。至所云产化石之井，虽不远，而已用石砌好，无法探察。这样看来，肇东探骨化石，可说是完全失败了。下午到城外一游，出西门，到一村子，又绕由北门返。附近除沙质黄土外，一无所见，益信我的推测不谬。目下我们惟一的急务，就是要离肇东了。

十八日早坐汽车回到天草冈，仍到原住的店中，因那里尚有着一部分行李，收拾后吃饭，饭不好而价极昂，此等竹杠办法，殆为游东三省者所不可幸免之事。午间上火车赴哈尔滨，拟自彼南下回平。天草冈距哈尔滨不过几站，一个多钟头即到，未下车前，车门全关闭，检查护照。下车后，住大旅店中，经若干日过那简陋旅店生活，今一入大都市之大旅店，几同另见一天地。

哈尔滨，我十七年回国时曾经过一次，但是在夜间，只见了车站大概，所以今虽重来，而实等于初游。此地为华北一大埠，胡适之许之为中西文化交界地。次日一天在此地文物会的陈列馆参观，看了不少的好东西，如满洲一带出产的骨化石（不是肇东那类的），齐齐哈尔等地石器等，又会见俄人阿奈尔脱，彼于北满地质调查很多，其家有一小工作室，陈列颇精致。夜间即搭车南赴长春，二十日早即到长春，转南满路，到昌图下车。因此地有些地层，颇有些兴会，下车以后，到站外一小店中，小而十分精雅。沿南满路日人的势力非常地大。昌图车站外，市面几乎有一多半是日人的。我们稍休息后，到附近看地质，午间回来，有几个日本人（穿的制服）竟向我们盘查为什么在此逗留，可谓无理已极。然国家纷乱不已，外人势力因之一天大似一天，也实有取咎之由。下午又到以西山中看了一看，较之前所经各地，颇有所得。

二十一日离开昌图，午间即到奉天，但赴北平的通车晚间才有，在此无事，与德日进到街上游览一下，并到一公园中，日本租界内一切很整齐。下午上车，在车中过了一夜，次日过天津时，德日进下车，一二日后再来平，我则径回北平。

这一回旅行，自四月二十三日到五月二十二日，为时整一个月，所过地方，也不算少，但一方面因所经地方均为平原，又无露出的剖面，一方面为地方特殊情形，不能如意工作。还有一原因，就是我们都约定要参加中亚科学考察团赴蒙古，所以不能在东久留，必须早归。因此工作上实无大成功。但在另外一方面，我们借此也知道了所经区域的地质地形的大概，也可以补充我们对于中国新生代和较古的地质上的知识，所谓得不到东西，也就是得到了东西，挨一拳也得一诀，至于风土人情上的观察，也可算是我们所最感兴会的。

上：哈达庙牧羊

中：滂江羊饭

下：狼帐篷

上：谷兰阶采掘古象

下：德日进采集介壳

戈 壁 初 恋 记

参加中亚考察团缘起

美国纽约天然博物院在我国曾做了许多次的科学探察工作。在云南，在四川，在陕西⋯⋯以后集中于蒙古。其名称简单称之曰中亚考察团。最初几年的工作，完全由美国主其事，中国方面，毫不过问。该团在蒙古于地质上、古生物上，尤其是中生代、新生代的爬虫类及哺乳类化石上，有极重要而有兴趣的大发现。十七年在蒙古采集的东西八十三箱，在张家口为官厅所扣，于是起了交涉，各方面亦群起而干涉。此事经交涉而定了合同，大意不外美人工作，中国亦须参加。至于处理标本，亦有条文规定。这八十多箱东西，于是年秋季，在北平经一番查验后，亦即放行。到十九年，该团在蒙古又拟做工作。照所协定的，中国方面亦有团长一人，由张惠远先生担任。此外亦可参加一二人，我因地质调查所所长翁先生的推荐，得与德日进加入此工作。不过因该团工作，为时较长，我们可以斟酌参加一部分，其另一部分，再由其他人去接充。

当我们赴东三省去时，该团团长安得思尚未来平，一切尚未就绪。所以我们还能趁机前往东三省一去。在途中即接电报，谓一切已就绪，中国团长张君亦由广州来，专等我们回平，即可出发。

我五月二十二日回平，二十三日即知一切，遂打电报给德日进，请其速由天津来，因出发日期定为五月二十六日，又一次旅行要开始了。

到哈达庙

二十六日由北平西直门车站起身。同行的除德日进和我外，美方有安得思为团长，谷兰阶为古生物学专家，唐木森为修理化石主任，维曼为地形学家，杨马格为汽车主任。中国方面有张席褆君。此外还有雇用的许多人，大半都是技工、厨役等。正午开车。此时正是五月天气，麦梢初黄，野风一吹，麦浪起伏，非常地好看。此时睹此景，往往使人有无穷的希望与快慰。快要收获了！前行过南口后，即入山中。这一段正是我当年的旧游地方。在两旁山中作地质图时种种情形，与张君相谈往事，犹历历在目，而不觉已是六七年以前的事了。又念到六七年南口一带所经的沧桑，尤其是西北军退守南口的情形，我们虽在车中未能下车一探旧游，但这种感想，竟是挥之不去的。

车过青龙桥后，即入平原，与同行谈笑，毫不感行旅的苦闷。晚九点到张家口，即到考察团所预备的地方住下。地距车站较远，为瑞典人某养马的别院，布置甚好，晚饭在瑞典人家中吃，但其本人不在此，我们因为团中人，所以也就不用客气。

第二天由张家口起身，共计四辆汽车。一车为普通车，安得思自开，旁为维曼坐。张君和我，坐在后边。其他三车都是载重车，运的是所需东西。一由谷兰阶与唐木森换开，上面坐了几个工人，一由杨马格开，也坐了几个人。最后一车系中国人开，另一位坐的是德日进。出张家口街市以后，依次前行。时天朗气清，我们精神也因之十分焕发，觉得前途希望无穷。过万全县后，在河旁一大树下吃午饭，全是辟克尼克[1]的风味。再前过膳房堡，即上山，车行很费力。顶上即为万全关，长城废地，尚有形迹可辨。旁有一关帝庙，并有老道二人。安得思因来过许多回，竟与他们认识。

万全关为蒙古与中国在地形上的分界处，由关上南视，万山俱在脚下。由此向北，即为蒙古高原。不但地形如此，即道路居民，亦觉与以南不十分尽同。途中不时遇见骆驼和牛车等，大半都是转运货物的。傍晚到了张北县，算是由张家口以北往蒙古去最后一个大地方。县城矮低，看去好像一个村堡的城。但城门由本地产的玄武岩造成，不但结实而且因是黑色，具有气孔，颇显特别风味。进城寓路南汽车店中。下车稍休后，与张君至市中一游，虽简陋而很热闹。因某庙中有戏，入内一看，看戏的人比北平任何戏园子都多，且不收票，真可当得起民众的娱乐。在汽车店中，我们分住于几个房间中，房屋式样与在华北习见的大致相同。每间里边，也照例有一个炕。我们也照例用我们的老法子，把行床支在

1　英文 picnic 之音译。——编注

94

炕上。为防臭虫光顾起见，四周放些防臭虫的药，临睡的时候，杨马格讲"这是最后一夜在房底下睡了！"使我对于来日的旅行，特别感觉着兴趣。由张家口到张北县，约一百一十里。

五月二十八日起来，收拾一切即起身。一切费用账目由安得思开，用不着我们操心。店主开的账，异乎平常地贵。安得思交涉要少给无效，安怒极，连喊："土匪！土匪！土匪！"因安也少许会说几句中国话，店中一方呢，只要钱赚到手，也不管骂的是什么了。我国店主索价无度，不但外人瞧不起，即我本国旅人过此，也不胜其竹杠之感。

出张北县北门前行，沿去库伦的电杆大道，不久过河，河底颇软，一车坠泥中，半天始得出来，幸尚能一一平安过去。路的方向，大致向西北。道路宽阔平坦，有许多段，比北平的马路还好。前行入蒙古高原中的山地，附近已无已开垦的地方，汉人耕种的势力，尚未到此地。两旁山中无树木，但野草杂生，青绿可爱，亦有意趣。途中数遇羚羊，安得思驱车追赶，放数枪一似命中，但驱车到该地，则已不见。此种打猎情形，有时很有趣味。再前行不远，又遇许多羚羊，安连命中两头，均捆载车上，算是安今天的成绩。沿途曾过几个庄子，但大的只有一个，名叫什么贾不色儿。村子中一半为蒙古包，一

采掘古象化石

半尚是中国式的土房子，居民也是蒙汉杂处，此等情形，活是一幅汉蒙文化交界处的图画。闻附近匪甚多，乃稍有戒心。前行途中，望有十余骑马的，均有枪，遇我们避至路旁小阜后，安为防万一计，集四车于一块，并实弹，开足马力驶过，但竟无事。或者所遇并不是土匪，而为蒙古兵，因见汽车来，恐怕马惊走，所以避了一避。在一小河旁休息，午饭后，仍前行，路似在蒙古高原的丛山中。前行不远，舍电杆大道，取一偏东的路，也是很好的路。时于山坡中见蒙古包一二，此外全是茫茫的旷野，介以起伏的小山坡。到下午四点多，即到一蒙古包很多的地方，并有一所建筑很好的房子，即为教堂。这地方就是我们要到的哈达庙。地依山坡，东为一盆地，环以群山，形势很好。我们就庙南空旷处支起帐幕。地上有许多大圈子，据谷兰阶讲，还是他们前年在此的遗迹。

骨化石的探寻

中亚考察团所用的帐幕，竟完全是国货，系已在张家口买的。帐幕的构造很简单，以二木棍支起，上横一木棍。布的四围，拉着钉于地下即成。一端为门，两边可开可闭。帐幕的大小不等，惟有安谷所住和厨房用的为大的，其他都是小的。我与张君同住一帐幕中。两直木棍外，一边支一床，中尚可置一木箱子，当桌子使用。吃饭全在安的帐幕中。因地方较大，当间有一顶轻便桌子，四围八九把交椅，都是随带的。安照例坐在首一位，其背后木杆上缠以手枪，颇有山上大王风味，就是短一个压寨夫人！

我现在不能不匀出几行来，说一说哈达庙的教堂。教堂完全不是严格的教堂式样，不过有些中式而有些洋化的房子，墙涂白色，内部却完全是洋式的，收拾得十分简洁。主事的为瑞典人伊克生，另有二瑞典妇人，听说他们在此不但做宣传宗教工作，且兼营其他业务，在这一区，无人不知，连土匪也都害怕。从前安迭生在以南各地采集化石时，他们很帮忙。安得思连年工作，也多得其臂助。今年亦以此地为存储汽油的地方。团中信件，亦可由此地转。蒙古为喇嘛教民族的地方，而耶教传教的，不问三七二十一，竟无孔不入地传去，而收效居然良好。倘若西洋文化在中国宗教算一种侵略的话，他们的侵略，也深入蒙古腹地了。

在哈达庙的第二天，便看看附近地质。再次日竟大雨大风地闹了一天，不能出去。枯坐帐幕中，与张君闲谈。出外遇雨天，真是一件最不幸的事。但在帐幕底下听雨、看雨，却也颇有风味。也许因为是第一次，新鲜些的缘故。

三十一日天气转晴明，上午到西南山中看地质，下午与安谷德等到东约九十里地方探有骨化石的地层。我们共坐的系一载重汽车、一普通汽车。先到一地，荒野中有蒙古包三五个，另有一小中国式房，亦为传教的房子。在彼招待的为一西妇，此等人传教的精神，真令人佩服。后转至一个地方，山谷中黄土期堆积甚多，虽找得若干骨化石，但不甚多，绝无大规模采集的可能。时天渐晚，乃回到停车的地方。车停于二三蒙古包附近，所住全为蒙古人。妇人身上所戴珠子，多不可言，包内当间可生火，四围全是可以睡觉的地方，虽在旷野中，而此中气味，合羊粪、牛粪、骆驼粪、狗粪为一，并杂以毡的气味和陈腐的食物味，真令人不敢在这里久停。上车回走不久，天气乍变，狂风骤起，黄沙飞扬。天空中太阳变成惨血的颜色，沙子打在脸上极痛，又未多带衣服，加以寒冷，实在难受。此时车还拼命地开着，我伏坐车中，以与狂风抵抗。风极烈时，车也开不动了。风略小时仍前进，但带路的因风大，竟迷失了路，走了远道。正在焦急中，忽经一蒙古包，一人出来领路，这位就是前几年给安得思赶骆驼的，大家全很高兴。

到哈达庙，已日落，狂风仍未全息，但已好得多了。

　　照今年考察团的计划，是往哈达庙东北四五百里地方去探采化石，以便与他们十七年在二连以东所做的地方相连接。但以东沙丘太多，而大汽车不易通过。再该处一带虽有土人带来若干骨化石，但此产化石地方究有多少，是否值得全体到那里去，须得看一看方能决定。因此他们决于六月一日去一部分先探探，因不能全去，而中国两人只能去一人，于是张君去，我留帐中。外人则安谷德三位，我虽不愿留，但亦无法，好在他们去，至多三日即回，而我在附近也可看看别的东西。不料到下午他们又回来，据说中途车坏，只走了数十里路。次日又重新出发，我在哈达庙附近看看，但因不能开汽车，不能远行，不免有点遗憾。到三日晚，他们回来，据说化石很少，到处都有些，而十分破碎。但所得化石虽少，已足以知其年代，亦不无所得。

向戈壁走去

　　向东北去的计划，既然不能实现，他们乃决定仍向北"不毛之地"去。所谓"不毛之地"，就是戈壁野地中有露头的地方。

上：狼帐篷所猎之小鸟

下：在狼帐篷的生活

作者在狼帐篷的小憩

他们决先到上一次去的那地方，再由彼向附近做有计划的采掘。他们决定粗重东西如食料、汽油等，由骆驼经小道运去，一共一百多骆驼，都是伊克森代购的，于六月六日起身。今年带骆驼的另为一位，据说那一位老带骆驼的喜喝酒，所以不用了。起身以前，自然有许多麻烦。最要紧的是重量的分配，不但使各骆驼都驮得适如其分，并且要使两边东西轻重差不多，安所带的几位采集化石技工，除两个外，其余都随骆驼行走。出发而后，蜿蜒成长蛇阵，在旷野中衬着绿草远山，实是好看。头一个骆驼挂有美国国旗，不解既名中美合作，何以没有中国国旗呢？

其余的人和汽车于七日出发，先由哈达庙起身向北向西行约数十里，即至由张家口往库伦的大道，两旁都是山地，而路的平整宽阔，却和马路一般。汽车行驶平快异常，初尚攀登慢坡，数十里而后，渐渐下降，已舍蒙古侵蚀面的山地而到了真正的戈壁。所谓戈壁，就是平原的意思，蒙古人叫作戈壁，不过同平原不同处，在乎其上面常有一层或厚或薄的石子，大半是由风的侵蚀作用残留下的。到戈壁后，一望平野，如在汪洋中。再前行，即到滂江，为戈壁被侵蚀后一低地。此地在各地图上都有，有电报局似为一大地方，但不过几家人，电报局的房是中式的，到此安赴内打电报，我与德日进到沟中看看。不一会有两蒙古人骑马来，喃喃不休，所作何语不解，但看其形态，好像是阻止我们似的，不久仍起身，离开滂江数里，才停下吃午饭，全是在哈达庙预备好的。吃后再前行数里，始过一小河，据说这就是"滂江"了。

前往经过一带沙子路，地软车重，十分不好走。我们下来拼命推车，经很久时间才得过去，过了这一带沙子路，便又是戈壁平原。在平原中，望不尽的石子和野草。有的草群生较多地方，一块一块山的圆堆好像小墓堆似的，不时望见羚羊成群，在戈壁中游行，安自然又要打，他打枪的本事很好，几乎每猎必中，我虽也常旅行，而无此本领，不免暗暗惭愧。再行不但遇羚羊，且有狼，打了一回，但没有命中。在蒙古旷野中，看到此等野兽，和我所坐汽车打猎的情形，令人又向远古有史前的时代回想，但又想到现在世界物质进步的样子。总之，现在坐汽车上打猎也好，石器时代人用石头木棍与野兽抵抗也好，同是人类进化史上的一页罢了。

照原来计划，由哈达庙起身，即日就可到目的地。但因途中略有延误，看看天已晚，而距目的地尚远，过沙漠地百余里后，便舍了电杆道，取偏东的一条路。天暮时到一湖旁，有一庙，名叫什么卜里哥苏木，一名东百灵庙。数年前失火，现在重修，但不如以前规模之大。附近有好几十个蒙古包，俨然为很大的地方，我们汽车经过时，出来看的人很少。大约蒙古人的好奇心不如汉人。过庙不远，到一井旁，因既不能赶到，乃决在此住宿。安谷等以天气干燥，未支帐幕，张君与我却因为未惯，所以还支起来。为行李简便起见，大部分的帐幕和床架都由骆驼带去，所以只有把被褥放在地上睡。幸而湖边沙子很软，只要找一地有一点微坡，头向上脚向下，臀部造一小凹，也可以很舒服地躺着。

第二天早晨起来，草草收拾妥当，即起身，由卜里哥苏木到东须宜地界的古里乌苏去，因只有数十多里路，不久即到。先到井旁，后又上山，找扎帐幕的地方。因不合宜，又转到他们十七年所住的地方，名叫什么象帐篷。因为他们在蒙古，如到一地方无名字，就随便起一个名称，上次在此找得许多板齿象，所以他们就叫此为象帐篷。

到象帐篷后，支起帐幕来，一切都收拾好。因时尚早，乃往以西一带探寻化石，发现了许多破碎的骨化石，而没有十分完整的。据说因为上年在此工作很久，而新的剖面，又未露出，自然是没有什么东西可找了。

第二天谷安德和我坐汽车向以东三四十里名叫乌拉草坡一带去探化石。因为所去共一汽车，所以张君和我只能去一位。安说上回在哈达庙张君既去，这一回可轮到我了。这样看来，我们两个来一个就得了，何必都来到蒙古，留一人看帐篷呢？这一方面，以前未看过，但地质上与象帐篷附近同一建造，这天找了几块很好的东西，在一地并发现大批的骨头，有大规模采集的可能。于是决定次日全体搬去。那地方吃水还要到附近的井中取水，但有汽车运水，所以尚不感不方便。我们于六月十日由象帐篷起身，往昨到的地方去。将行至化石多的地方，遇两狼，安驱车急追，但狼忽下坡，瞬即不见，怅然而返。因此谷提议叫此地为狼帐篷。于是我们便住在狼帐篷中了。

狼帐篷的生活

到了狼帐篷以后，大家的工作分开。归纳说起来，最重要不外两种：一是继续在附近各地找寻化石，附带地看地质，德张与我均感兴趣。一为已发现的化石设法采取。因坚硬而小的东西，当然随见即可捡起，但大块的东西，须要费采掘工夫。又因此地许多大化石，因地质关系及风化较久的缘故，往往十分腐烂，若不施以精细小心的手术，万难无损伤地取出。最要紧的是加稀的石来克，一次不足，连加多次，俟干后，再糊上棉纸，棉纸干后，再用面水和麻布糊上。如此干后，即可保化石无损。此等工作，在古生物上也很重要，因不如此，往往说不到研究工作。我此次参加此工作，除看地质采化石外，最感兴趣的，也就是这一点，因此得了一些经验。此外担任绘图的那位地形学家则从事测图。

现在我可抽暇把狼帐篷一带的地势，大约说一说。我们的帐篷在戈壁平原的沿边上，向东是略有起伏的戈壁；以北一二十里即可到象帐篷附近的井；向南也是沿此戈壁沿边，一望不尽；向西最是好看，刚在我们帐篷的脚下，就是很陡的立坡，为较后起的侵蚀所造成的立坡，或陡或较平，又有许多小谷，因这里地层较硬，相间层次清楚，又兼都是平铺，而未受变动，又兼颜色不同，底部红的上部白的，中所夹石灰岩层又是深灰色的，所以侵蚀后的剖面，非常好看，像刀切下的有层的点心糕一样，和教科书上画的地层一样的清白。这就是所谓不毛之地，为寻找化石最容易的地方。再往稍远处看，又是较低的戈壁，上边也盖着石子，远望戈壁尽处，

上：狼帐篷附近的砂岩

下：内蒙兵士

上：戈壁上的憩息（图中人为张惠远君）

下：戈壁上的追求（图中人为作者）

便是一个湖，湖那边的庙，就是我们上一回经过住过一宿的庙，在天气晴朗时还可望见，用望远镜看，尤其看得清白。最有意思的还是再极目向西看，又是较高的平原戈壁，其高度和我们支帐幕的地方约略相等。但地质上那里的东西古一点，为第三纪初期，亦有化石，即所谓阿山头建造。所以我们所住地方，恰在一盆地的边缘，四围高，而以有庙的那湖为最低。烟雾苍茫中看去，真好像大海一样。而我们就住在海边上，最好看的还是日落的时候，蒙古的日落，凡是到过蒙古的人，没有不赏鉴的。尤其是微雨乍晴后的夕阳，照得世界上所有的颜色，都可以在天上找得到。

再说我们在狼帐篷的工作，最要的是采掘的工作，德日进和我有一天在狼帐篷以南十几里的地方，发现了许多骨化石。后经试掘，底下蕴藏极富，最重要而最多的为一种板齿象，其下门齿变宽，下颚前部亦扁平，而成为勺子状，大约是在湖泊边生活，以湖边介壳等为食物，为刮取食物容易计，所以成功此等变态的奇兽。此外犀牛、鹿及若干肉食类也还不少，其年代为上部第三纪，确定的年纪，还须等化石详细研究以后始能知道。张君和我有时也帮着做一做采掘工作，但我们更感兴趣的，还是在各地找化石，也可以说是猎取化石，像拿枪打羚羊一样，找化石实是一件很好的娱乐，并且还可以增长人的忍耐性。许多时候、许多地方找不见很好的东西，绝不能令人失望，令人灰心，因为受求知欲的支配，所以还鼓着勇气。最后若有所获，以前的辛劳，也就都有了代价。细想起来，人生忙忙碌碌，也不过如此如此。

到狼帐篷已住了五六天，骆驼队还没到来，我们因为只带来软的部分，所以每天晚上，还是在地上睡觉。骆驼久不来，大家全很着急，因为一切用品，均由骆驼运，倘再过数日不来，不但要停止工作，而且要闹饥荒了。一天晚上正在吃午茶，忽有人喊道："骆驼来了！"大家群出去看，果见东北戈壁尽处，有很小的一串东西，像链珠一样，渐走渐近，现出骆驼样子。安得思少不得大忙一阵，摄其电影。

最初打算在狼帐篷只住两个星期，即转到别的地方，但因为化石愈找愈多，愈掘愈掘不尽，已近二十天，还没有完的希望。我们因想借考察团多看些地方，以便于地质上多些经历，并不是多找化石，因为找下化石，还是送到美国去。所以我们和安谷等，真是同床异梦。因没有一刻离开此地的希望，便感觉到烦闷，因近处地方都看完，而较远地方不能去，从事采掘，固然很好，但多而有些厌了，长日炎炎，有时留

112

在帐篷内，比外边还热。我仍在这样的生活中，惟一的希望，就是迁地为良。但事不能由我们做主，只有硬等罢了。

到狼帐篷以来的天气，都还没有什么。特别大的风雨有过几回，也并不大，但六月二十二日那一天晚上，却是最可纪念的一夜。傍晚即起风，入夜更厉害，杂以雨滴。我们为备万一计，把帐篷四围的钉子，都钉结实。风大得点不着灯，只有草草睡觉，但风越刮越大，雨越下越急，帐中的两个直棍子，不断做急烈的摇动。帐幕的布，也一上一下地掀动。这样情形，如何能够安枕。因想在这样风雨的夜里，睡在茫茫戈壁，听着风声雨声，却也有些意思。正这样想着，张君忽喊道："不好！帐篷倒了！快起来！快起来！"语未完，果见帐篷向我这边倒，原来张君睡的是迎风的那面，此时不设法，帐篷真要被风刮倒，那就不可收拾。于是一方使劲抗着杆子，一方呼救，叫那照料杂事的老头子。此时也有其他几个帐篷倒了，呼喊之声，不绝于耳。一会儿老头儿来，再钉了一钉，才可勉强支持，帐内也全湿了。次早醒来，大家见面的谈话，都以昨日的风雨为资料。帐外所存东西，除火酒以外，无多大损失。

我们采掘化石的地方，离大路较远，而蒙古又地旷人稀，所以住了此地很久，竟没有什么人知道。但过了几天，便来了两个蒙古人，他们穿的长袍大裤，兼有靴子，头上照例还有辫子，衣服质料虽好，而脏不可言，据说蒙古人向来不洗衣服的。又过了几天，来了两个蒙古兵，据讲是奉王爷令，不许在此掘东西，令我们早他去。但安极会对付，或软或硬，也就无事了。我们在庙附近有一天看地质，也有人挡阻，听说蒙古迷信，最忌讳人在红色地层中掘东西，确否不得而知。蒙古人骑马的本领很好，无论男女，都是一样。在蒙古的距离，不以里为单位计算，而以"一冒烟"计算。所谓一冒烟者，就是骑在马上一跑，马后尘土一扬就到的意思。他们拴马的法子，因旷野无树，用绳拴其二蹄，其法颇巧，我曾见有拴马的地方，他们也是如此拴法。

有一天安得思、张君和我吃午饭以后，打算到"象坑"（以南十余里，产象化石极多地方，名之曰象坑）去，安开车，张君和我坐在后边，但走了五六里路，遇见两只狼，安即大动猎兴，开足马力追赶。不幸附近地略有崎岖，而狡猾的狼却走较崎岖的道，因之汽车赶了很久，才较迫近。安即止车放枪，似命中了一个，及开车到那里，竟找不见。正犹豫间，一狼自草深处跃起前逃，安至此，一不做，二不休，又上车

114

追赶。狼跑得很快，而车也跑得很快，在戈壁平面上大追其狼。足跑了有一刻钟工夫，相距较近，乃再停车开枪。虽伤了狼，而狼又带伤跑了，此时安才想到还是到象坑去要紧，乃决驶回，可是四围一望，茫茫戈壁，四看都一般，方才因赶狼急迫中，没有十分辨方向，此时竟不知要回象坑去，该朝哪个方向走，踌躇了半天，还是安自决主意前进。但照我看来，其方向恰与象坑背道而驰。旋车沿一大道前进，也是我们以前所未见的道，向前看，远山变成近山，分明愈走愈远了，乃向之说明路有错，此时安亦知路错，但仍不知该从什么方向走。此时天密阴着，看不见太阳，又未带指南针，茫茫戈壁中，正同汪洋大海一样。据安说，车因未打算远行，所以未装汽油。现所余汽油，只可走三四十英里，万一乱走，再找不见，就非停在半道不可。后张君和我的意思，都以为顺此大道折回为宜。安于无法中却也赞成，回驶约有十多分钟，下一坡，上一坡，我们的狼帐篷即近在眼前。这一喜，真非同小可。原来赶狼时，颇朝东走，安误以向南，所以走失，虽竟无恙，但也很使安担心。（按：安回平，在报上发表谈话，说是中国人迷路害怕，并且要水喝等不稽之谈，其实害怕的还是安自己，而我们的水壶还满着水，也用不着向他要水喝。安为人好大喜功，为在报

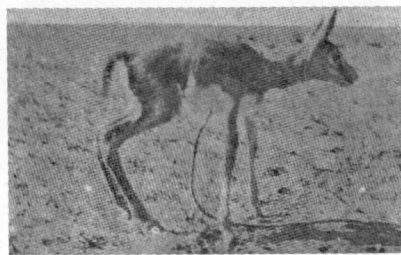

左：小鹰

右上：乌鸦

右下：小黄羊

上：井旁的马群

中：井旁的骆驼

下：百灵庙的村店

上乱吹计，遂不觉信口雌黄，而不顾事实，实为可笑。）

　　自六月十日搬到狼帐篷，已二十多天，尚无移走消息。安一因大雨而后，没了火酒，一因要送化石回平，乃决定回平一行。前次他们所采东西，一整批地运回，现采取渐采渐运主意。也许因上回被扣，于是学乖了。安回与杨偕，共两汽车载化石。化石由谷日前监视装箱，装得十分坚牢。化石的装箱，也须有相当知识，以在箱中毫不能动为原则。安走了后，我因受暑热，极感不适。发热头疼，只有留在帐中。幸团中有医生，热心诊视，三五日热退，而身体却大大地疲弱了。七月四日，美国人在戈壁庆祝他们的国庆时，我已能勉强起来。看外人对其国庆的热烈，不禁令人百感交集，念到我国现在乱七八糟乱打的样子，真可令人哭又不是，笑又不是。

　　安、杨一去，十余日不见回来，在安未回以前，我们还是照前一样地工作。虽然有时可跑到较远的地方，但究竟有限得很。急于搬走另看别的地方，而终于搬不动，真令人无可奈何。好容易等到七月十四日安、杨回来，但还无搬走消息，照原定计划，德与我来戈壁，以两月为瓜代时期，我们回去，所中另派人再来，转眼就到两月了，而我们在蒙古所见，远不如我们当初所预想之多。到七月二十一日，安忽宣称定次日回平。德同我亦同去。其所以不搬的原因，就因此地化石尚未采完，所以回去的原因，就是还有许多化石要送。我们回去，当然也可以，不过我们希望能除狼帐篷以外，多看一"帐篷"，对其地质，得个大概再回去。今既如此决定，德与我全很失望。但因事实所限，亦是无法。

归程

在狼帐篷住了一月多，野外种种生活，虽有时烦闷，但大体上却异常有趣。今一旦要离去，不免令人依依。张君因为团长关系，决仍留此。但察其神情，似甚郁郁。张君在此，不能充分工作，施展宏猷，宜其如此。廿二日早，和谷唐等作别前行。也是两车，装满了东西，除安、杨、德外，地形家韦君也同回去。车上装满化石，因此很拥挤，我坐在第二车顶上，车走时，摆动十分厉害，前后或左右，动辄二三公尺。若不把捆箱的绳抓好，很容易跌下来。因生命关系，所以特别小心。回去的路，未走来的原道，而较近，不久即到电杆大道。上午十二时即过滂江，下午两点到哈达庙。为赶路计，稍休即又起身，南行到贾普塞尔附近，渐见耕地农民。将到张北时，因新雨不久，有一段路十分软，车曾陷于软泥中，很费力才推出车来。此时日已将暮，夕阳返照，在半空极浓的云雾中，照出万道光辉，美丽异常。蒙古将与我暂别了，我对此景，不免加倍地留恋。因路上有误，到张北时县城已关，叫了半天，始得开门进城。由狼帐篷到此六百余里，一天赶到，据安讲，为他在蒙古旅行的第一次。

在张北县仍住在汽车站中，少不下又被敲一回竹杠。二十三日由张北县起身，由此到张家口只一百一十里，所以不久即到万全关。下望重山叠嶂，再下就到内地了。在张家口住一天，把所用团体的东西交还，二十四日乘早车回平。

参加中法科学考察团漫记

起身前的纠纷

中法科学考察团发生的原委，早已在各处发表过，在下这里不必再表。我因地质调查所所长翁咏霓先生的介绍，得代表地质调查所、北平研究院和中央研究院参加。原定二十年四月初旬起身，不料发生两个纠纷，以致延期。

第一个纠纷，是中法两方的误解：法方不等中国团员到齐，便把爬行汽车开出去，在北平未等候。汽车上又未挂中国国旗。因此中国方面颇不满意，而提出抗议。此外中国本身也有一点小纠纷，毋庸详述了。

第二个纠纷更为重要，就是法方所备汽车的轮带——特别式样构造，以期宜于沙漠中旅行——即所谓爬行汽车的大车轮，不知因甚缘故，常是破坏。车出发时，在昌平县附近沙河桥上把桥弄坏，后虽勉强开到张家口，但还是将汽车停留住了，非从巴黎寄新车带以备应用不可。

因以上两层关系，所以虽然起身了好几次，却均未能成行。中国团员不久也星散了，法团方面只好等候。直到五月初旬，情形渐渐变好，汽车已全开抵张家口，新车带也快到，于是决定起身。中国团长褚民谊先生，于五月十五日始可到平，因事实上的便利，和德日进的函约，并得了丁在君、翁咏霓先生的同意，决于十二日由平起身。因照最后计划，是于五月十三日先由张家口开两辆轻便汽车前往百灵庙。这样办法，可使我们早日出发，在途中考察些东西，借以等大队到来，所以我们乐于参加。

离情

人是有情感的动物，当每一度离别时，总免不了引起惜别之情，我这次离平，也不禁起了这样感触！朋友方面，有新由德国返来的汤君元吉，经了三年的久别，才刚聚首，又要天南地北地分离了！家庭方面，除了人情，又有许多事情使人不能忘怀：母亲久客思归，四婶卧病医院，国桢生产在即……凡此种种，无一件可以使人放心，又兼故乡家庭的纠纷，惨变纪念的将到，在在均足引起人的悲思！

五月十五日，原为吾家惨变及二叔遭难三年纪念，因我远行在即，提前于五月十日举行纪念礼，因此日为先祖父生辰，故同日纪念合并举行。

十二日早，将行李收拾完毕，即赴车站，母亲、四叔、国桢及妹等均往车站送别，同事中有裴文中君亦到。这时候有千言万语的离情，却一句话也说不出，一会儿车要开行了，忍痛上车，仅以目相视，默祝一切安好罢了。

车中同行的有法方团长卜安，彼此也没有什么话可说，更无心看两边沿路的春色，只好看看报解闷，后来看国桢给我带来的小说。平绥车是有名的慢车，不但走得慢，且在各站上的耽搁尤大，八点多才到张家口。德日进及法方许多人均到站相接，一同到他们的寓所。吃饭后彼此认识了一番。这时我忽然起了一种回忆，就是回想到十二年去国时所乘法国船上，看见那些法国水手、水兵的样子，和这里开车的以及机器匠等人真有些相像。从前我常和德日进在一起，并不觉得他是法国人，现在真如同到了法国一般。

"又是一回！"

十三日早，吃早点后即起身。起行的两辆普通汽车，头一辆为裴筹和两个中国人，第二辆为德日进、自然学家雷猛、一个开车的和我。另外卜安和许多人驾一辆爬行汽车送行。起行所走的路，正是去年与安得思所走的那条路。过万全县、膳房堡，而达万全关。德日进与余不禁同声喊出："又是一回！"

到万全关上，看见长城遗迹，还是去年那样颓塌的样子。只是关帝庙那两个道士的衲衣，似乎换了一件新的。两辆汽车当在张家口起身时，挂起法国旗子，到郊外时，不知何以自动取下，及至到了膳房堡又挂起来了。我单人在此，又无职权，所以只有隐忍不言。爬行汽车送到万全关即折回，两辆车单独北行。

十二点多些，到了张北县，初拟留住，后又决起行。在一饭铺，草草吃了些东西，又寄国桢一明片，告知家中行踪，即动身。完全沿向库伦大道行。初还有太阳，不久下起雨来，幸只有一小段路稍泥泞，他路均可畅行，雨不久亦止。行抵

124

距贾普塞尔一小河旁，即去年午饭的地方，不觉又深刻地引起来我的回忆。过了贾普塞尔不久，即过赴哈达庙各道，但我们仍沿正道行，四点多了，到四里崩即住下。四里崩有管理汽车支局，尚有中国式的房屋，屋内有两个大炕，还有一堆牲畜粪，以备烧火炉和烧炕用的。我的床支在两炕之间，并且在一堆粪的旁边，也不觉得怎么不干净了。

四里崩风雪

一夜无话，只是半夜即觉寒冷，次日天明，听见说是下了雪了。于风声呼呼、雪花乱飞中起床，向外一看，触目皆白。寒风侵骨，加上毛衣、毛裤尚不觉其暖，时已五月，尚见飞雪，也算今年所未料及能赏的一个奇景。无法启程，只有留住在小房下。

所住四里崩地方，去年来往系经哈达庙，因此未到过。地东距哈达庙只十五里，北到滂江一百八十里，南到贾普塞尔九十里。据说此地到百灵庙七百七十里，但以带路蒙人所开路线，与绥远地图相对，找不出一正当的路线，有许多地名也找不出来，不知是什么缘故。

下午天已放晴，我们踏着雪出去游玩了一回，顺便看看地质。山坡积雪，深浅不等，逆风的地方，差不多露出地面，坡背面至少也好几尺深。有好几次雪曾没了我的双膝。回想北京现在，已是夏天，而我们这里，还完全是三冬景象，也算是奇遇了。

游玩回来后，就吃晚饭，这里还可以吃炒木樨饭、木樨汤一类的东西，杂以咖啡、牛油，真可算是中西合璧了。

同行的都是法国人，而我又不懂得法国语，听他们说笑，非常热闹，我自己免不了十分苦闷。吃饭以后，他们立刻就睡觉，好像已成习惯。而我躺在床上急切地睡不着，越是睡不着，越要思东想西。这正是旅行中最痛苦的时候，其实也是最有意味的时候。因为平时忙迫，不及回忆，借午夜睡不着的时候，可以回头看一看自己。

在泥泞中挣扎

十五日天气已大晴，决定动身。一早起来，即收拾一切。天气颇冷，穿上所有衣服，还不觉怎么暖。车开之后，关上车门，始较暖和些。路旁的景色，虽然大部分还为雪盖着，但已分

上：百灵庙

下：百灵庙与喇嘛

上：爬车

中：在乌尼乌苏卸汽油

下：巴个帽脱庙

裂成一片一片的。断断续续，一块白，一块绿，煞是好看。

车向北行约百里，离开向库伦的大道往西北行。数十里之后，经过一凹地，因初雪之后，甚是泥泞。我们的车在这里遂堕入泥中了，急切间弄不出来。用尽种种方法，才告成功，但已耽误了三四个钟头了。

过此不远，就到了西苏尼王府，建筑不大而整齐，且完全为中国式的，看去也还庄严。至于内部情形，却毫不知道。再行若干里，一小蒙古包中，出来两个人，遮着我们的去路，乃是驻守的兵，三言两语之后，又各取出他们的枪，旋又出来几个兵，似有动武之意。但经解说之后，化为无事，放我们前进。

前行百余里到一个地方，叫作三河多。时大风乍起，黄沙飞扬，天色立刻变暗，因而虽未天黑亦只好歇下。除开车的法人外，我和德日进、雷猛、裴筹全宿于一蒙古包中。在蒙古包中留宿，尚为头一次，颇觉有些意思。蒙古包为圆形，上有天井，可开可闭。门甚小，须伏身而入，包中四围可放柜箱等物，中间则有炉可以烧火。地上全铺的是毡，亦很干净，不过这一个蒙古包好像是很好的一个，其余就不能一概而论。我们三张床一支，里边连站的地方都没有了，第四个人就地上随便地睡在一张床的紧旁边。所谓三河多者，不过蒙古荒野中几家人家，所有的不过十几个蒙古包和几群牛羊而已。入夜以后，狂风呼呼，杂以雨滴。犬吠不已，令人不能无戒心，但一会儿也就入了梦境了。

次早醒来，收拾而行，雪早已消完了，只有望不尽的绿草乱石，和一起一伏的崎岖的长途在我们面前。至波罗太庙，据说在此分路，路偏北行，即至乌里雅苏台路。另一路偏南为往百灵庙的路，我们沿此路西南行，经过一大庙叫沙拉茉莉庙，即在沙拉河旁，河源自以南的山地向北流。以北不远，即为美国中亚考察团发现一大渐新世盆地的地方。

再走一走，渐渐看见几株榆树，峙立于荒野中。不久，入一谷中。自此向下不远，即到一大河谷。谷旁一大庙，且有中国式房子若干，便是我们的临时目的地百灵庙。我们住在汽车站中，下车以后，照例有一般人围着我们。

"你伺候他们几年了？"

百灵庙在绥远西北，约五百里；包头东北，约四百里。有汽车由绥远可达，不过中经一段山地，稍有困难。由绥远来所运的东西不知道，听说去绥远的车，以鸦片为最多。本地除蒙古人外，汉人颇不少，都是做生意的，大半是包头、绥远一带的人。人民的性质种种，以及说话口音，全为山西式。几家中国式建筑，至少屋内的布置，同山西北部完全一样。

如今且说我们到百灵庙后，便暂且住下。一个中国商人同我攀谈，三言两语照例的话而后，他问道："你伺候他们几年了？"我听到这话，不但不很生气，而且引起我许多感想，绝不能怪他。因为在一般人眼光中，中国人和外国人在一块，中国人照例是伺候外国人的。况且我们此次同行七人，除四个法人外，那两个中国人，就是伺候他们的，而我穿的又和他们差不多。且进一步言之，中法科学考察团的发起，虽云中法对称，而发起动机，及种种，完全以法方为中心，中国人之参加，不过陪着他们玩玩罢了。广义上讲，未尝不是伺候他们。可是再转过来一讲，就我所感兴会的学问上言，得此机会，能看看蒙古、新疆，扩充我不少学问上的见解，解决了多少疑难。又有经验很富而虚衷下怀的地质学家德日进陪着我，随时可以讨论，随时可以请教，未尝不可说这整个的考察团，是伺候我，伺候同去的我们中国人。这层深意，可惜那以为我是"伺候他们"的中国人不能了解罢了。

决定在百灵庙住一日。此日上午，考察考察附近的地质。下午向北行，约七十里许，到一王爷府。裴筹为要看看王爷，德日进和我为要看看地质，总括起来，也是彼此利用。沿途附近山谷中，有些榆树，都是很低下，在这样荒漠中，很难为它们还能够生存。此地大约为中国最北有树的地方。过戈壁后，库伦附近，始再有树。

到王爷府那里，我们也没有进去。因我们所感兴趣的岩石，比王爷还要厉害。看完之后，仍取原道回百灵庙，决次日再西行，往乌尼乌苏，目的是送汽油去，我们决借此机会前去看看地质。惟为时尚早，关于旅行中最有兴会而印象较深的数事，写在下边，以消磨时光。

最令我每天感到奇异的，是早上一睁开眼睛，便吃一杯很浓的咖啡，于我最为不惯。据说他们都习以为常，事实上已成了瘾了。在床上脸尚未洗，口尚未漱，而要喝没有牛奶、糖又少的咖啡，在他们当然有必需，觉着好；而在我实是受罪。不过现在不喝，一会儿想喝亦没有了，所以也就喝了。至于一日吃的东西，有些可以吃，而大半都是没口味，也只好忍着吧。

其次是用的床。式样颇为奇怪，据说是专为此次考察队而计划出来的式样。关起来只是底盖相等的一个铝质箱子，打开之后，取出里边装的铁棍，先以四铁棍插在那开口的四角，再张开，加上两边的支棍，床即支起。铺盖等均放在箱中，取出后即铺在床上。不过支的时候，有许多困难，非练习几回绝不能措置灵便。

我们所坐的两辆汽车，虽不是爬行汽车，而车的构造也很特别，于旅行方面，有许多地方的确是很便利的。坐人的地方在最前边，顶上及后边均为放置东西之用。关于遇见沙子及泥的设备，也有一些。除了一般用的"千斤"以外，如宽的板子和帆布等，均为必要时使用。还有一点，就是许多应用的家具，都挂在车厢的外壁。如此车内可省出地方来存放别的东西。至于机器的结实，乃是必然的，用不着说了。

孔雀落之夜

为要送汽油起见，决定到以西偏北、距百灵庙约七百里地的乌尼乌苏去。我们均把行李弄得愈简单愈好，因此我只带了被褥，而未带那复杂而硬的床。

西北行约三百多里路，没有什么困难。在距一地方名孔雀落不远，有一段沙子，颇为难过。汽车好几度陷入沙中，经长时间始能把车弄出来。且推且行，费了好几点钟工夫，才到了孔雀落。孔雀落只有一个蒙古包，里边住着两个中国人，是做生意的，主要是卖米面以供给来往的客商。我们把两车并放着，约距五六尺，一边放下那两块宽板，然后盖上盖行车的帆布，俨然成为一小帐篷。草草吃过晚饭以后，我们就在两个车的中间，打开被褥，就地睡下。满地都是石子和羊粪，但也顾不了许多了。睡下以后，万籁俱寂，虽然没月亮，但也不是漆黑。由很大的布的开口中，一眼可望见这广大的蒙古荒野。在蒙古荒野中睡觉，此为第二次。第一回为去年六月在东百灵庙附近，但此地比去年那个地方还要荒凉些。风虽有，天气也很冷，但还受得住。疲倦之中，一夜也一会儿就度过了。

　　次早起来，再继续前程。沿途遇见行旅颇不少。有一批，似是一家人，据说是往北京访班禅的。其他都是由甘肃来的客商，大半是贩皮毛和鸦片。这一条路上看来，行人很多。不像由张家口往库伦路上那么荒凉。因为库伦完全落于俄人手中，在俄人支配之下，华人无立足之地，所以商务也中落了。念及此，真可浩叹！我们行不久，到一地名黑山头，盖因附近的玄武岩而得名的，此地驻有兵，所谓保商团，护送来往客商。

黑山头距乌尼乌苏只一百多里地，得一蒙兵引路，所以下午即到了乌尼乌苏。

乌尼乌苏地方，远不及我们所想象的那么大，只有几个蒙古包，住了许多做生意的汉人。在此有一意外的发现，就是又看到多少年前曾给美国中亚考察团带骆驼的那位蒙古人。去年在哈达庙向东行，归途中遇风沙，遇此人指路。今年不期而又在此相遇，真有巧不可言之处。彼此都十二分地高兴，据这位说，他给两位德国人带骆驼，是在附近测量汽车路线的，详情我就不得而知了。

把汽油卸下之后，为时尚早，乃取原道东返。抵黑山头，天已不早，乃在此地住下。睡觉的法子仍与昨夜同，四围遮的不如昨夜严紧，又兼风沙很大，所以不如昨夜舒服。附近中国商人很多，夜间有箫声自荒沙中吹来，虽不十分好听，而睡在黄沙上听此，也颇有一番风致。

次早起来，已是五月二十日了。另取一道东归。归来时的路偏北，此次偏南。中经许多地质上有兴趣的地方。因路上没有什么耽搁，下午五点即回到百灵庙。远看高冈上一爬行汽车，车上插有中国国旗，知大队已于先一日到了，心中十分高兴。但下车之后，始知法方全队已来，而中国方面尚未到，不免悻悻。惟闻褚民谊先生已抵张家口，大约他们不久也要来了。

吃不饱

百灵庙住的地方，在汉人所营的小村中的汽车站中，有一个大院子，被考察团租用。我们未西行前，只有两车，觉得很空。现在回来，见到处都堆满了东西，车辆、行李，无一不是乱七八糟。大约法人于组织上不甚见长，也是无可讳言的事。无线电台那一辆车，则停于院外山阜，线台已支起，车前国旗飘扬，到也颇有可观。

除中国方面团员、团长尚有七人在途中外，所有的东西，可以说都来了。吃饭因已有了厨房，一切都很正式了。不但有轻便的椅子，桌子也有了，而且刀叉齐全，俨然是大餐气派。不过关于吃的，我还得说几句，就是吃不饱和吃不惯。吃的东西，虽有汤以至咖啡，样样都有，而样样都少。最感困难的，是没有真正面包吃，而代以瑞典式的饼干似的黑方块面包。

据广告上说，是英国国王也赏识的。我前在瑞典，也吃过几回，不过这个既干且硬，很难用以充饥。也许是我个人如此，不过我之所以吃不饱，不能不说这是一个大原因，故不免发几句不平之鸣。至于吃不惯，那更易解。但却不是我吃不惯洋饭，实在是所备的东西有些欠佳。再进一步说，他们预备的东西，当然很齐全，如各种酒类、咖啡、水果等，均应有尽有。不过我觉得有些太繁杂，不实用，而且不是旅行必需的。若用中国式的办法，可用少数的钱，而得到加倍的丰富食料。即用外国的办法，如去年美国所备的，也比他们经济而适用得多了。

二十二日午后，褚民谊一行都来了。相见后颇为欢欣，惟中法两方面，尚时有小纠纷，但不久均解决，大约不日可以全队西行。在百灵庙所见而可记的，除喇嘛与做生意的汉人外，别无可述。喇嘛终日无所事事，以念经为生活。听说大半都有梅毒。汉人在此营业的已有数十家，俱做的是蒙人生意。因地当东西大道，凡由甘肃来的货物（以羊皮、鸦片为大宗），以及由绥远西行的货物（布匹、洋火等）均经此，所以商务也有一些。经营的人，山西人为最多。中国北方山西、山东人之向北发展，南方广东、福建人之向南发展，是我民族上最光荣的事，很可以代表我民族的精神。

大队西行

经过长期间的预备和收拾，整个的中法团员车辆等终能于五月二十四日上午七点钟由百灵庙西行。总计共有爬行汽车七辆，普通轮子而亦特别适于长途的汽车三辆。连同中外团员，以及使用人等，约四十余人，也可算大规模的了。

所谓爬行汽车，车前有一可转的圆筒，车后的大轮由数小轮组成，作圆角长方形，而前面略宽，车轮加以极宽之皮带，上加以钢瓦。行动之时，小轮即不断地滚于带之上，此所谓Caterpillar[1]。因此行沙地或软地皮，可以支持车身，不致下坠。机器各部，均特别坚固，所以不但可以载很大的一辆车，而且车后可以挂一辆小车。小车的车轮，以及大车的前轮，完全和普通汽车一样，不必赘述。

至于车内的布置，前边除司机外，有四个座位。一个在前排，三个在后排。车的后面分为许多空格，可以放箱子等。

---

1 履带。——编注

后边拖的小车也像前车一样，有空格，不过是在当中，可以放床等。四角是放水箱的。小车顶上带有帐幕，即以此小车为基，上支柱子，支起时甚为便利。

计起身的爬行汽车共有七辆，除一辆为饭车，一辆为无线电用车而外，其他五辆，均为载人及载物之用。总括起来，爬行的汽车，对于沙漠地及载物的种种便利已如前述。此项车在蒙古及其他西北等地，非常适用。至于那两辆普通车，亦颇有若干便利的设备。

如今且说我们出发以后，取道我们以前探过的南路，暂以乌尼乌苏为目的地，向西进行。因已整队出发，照着预定的计划前进，这时心中也较畅快。行约四五十里，车忽停住。原来前边遇见黄羊（羚羊），几人放炮。卜安射中两只。曾记得去年同安得思在蒙古时，以枪逐击黄羊为常，安甚善射，而坐的又是轻便汽车，几乎每见黄羊必射，且每射必中。四五月的食料，以黄羊为大宗。今年所乘的车，分量重而驰驱较笨，绝不能追逐黄羊。只有特别合宜的机会，方可射得。今天能射得两只，也算不错了。现在看见这事，不禁引起我去年蒙古生活一部分的回忆，所以附带说两句。

沿途遇见东来西往的客商不少，大半都是骆驼队，多少不等。由西来的多自凉州或甘肃，所载物，除鸦片而外，为羊毛等。西去的多半是由绥远，以布匹、火柴为主。这些商人，以极简单的生活，运并不十分值钱的货品，又兼长途的跋涉，费用甚重，再加以到处重税，所余赢利，真是有限得很。他们这种在沙漠中买卖的商业，倘新式交通一发达，恐要受打击。但他们这种精神，实在值得我们钦佩。

行约一百一十二公里，到羊肠子沟（六大股、五大股等商人经营的地方），路在丛山中，因天已晚，遂住下。在附近河中洗足洗脸，总算是难得的机会。以后就支起帐幕来，中国人八人，同住一帐幕中。这个帐幕前已说过，以后边的拖车为脊，支起也不费事，不过有许多地方并不如中国式的帐幕实用。中国帐幕最大的妙用，是可以迎挡任何方面来的风，使风力减少。而爬行车的帐幕，不但三四面有低的支成的布墙，且一面特高，最不适宜。

自中国团员全体加入以来，早晨起床，那一杯咖啡的罪，可以不受了。清早起身时，每人瑞典饼干、面包二三片，多了不许吃，夹上一点鱼或牛酪。至于午饭，多在中途吃，也是简单，不过面包由三片增到四片或五片，再加上一点肉和果子酱罢了。所谓一片面包，不过一片干饼大小，长不过二寸五，宽不过二寸，厚不过二分。这样当然不能充饥，只可以点点心罢了。晚饭比较丰富些，就我们这夜所吃的为标准来说，一汤一肉一菜，再加上牛酪，面包就只有四五片，虽然说是整份的洋餐，无奈仍不能充饥。平心讲起来，在这荒凉的蒙古高原，能吃这等东西，已是了不得，绝不能再嫌不好。而且虽然不能吃饱，但无论如何看来，绝不至于饿死。只要不至流为蒙古饿鬼，于愿已足，何敢有分外之求。不过所令人不平的是，他们法人对于法人方面，显然表示出种种优待，酒可以随便喝，糖可以随便吃，吃饭时另加特别新造的面包；而对于华人，则件件加以严厉地限制，实在令人难堪。据说法方车夫及工人最难对付，不能不给他们酒喝，这层我们当然可以原谅，不过面包的不平等待遇，令人实百思不得其解，难道中国人的肚量比外人小，可以少吃几个面包吗？还有一层，这次他们带的大厨房人等，尤为可恶。管理厨房的共五人，一法人，四中国人，就每天吃的东西（大半是罐头等）和工作而言（一天大半只吃一回热食），绰乎有余暇。而他们的工作，实在不如我们所期望的那么灵快。尤其是他们的习气，令人望之欲呕。视外人若天神，对国人若走狗，目空一切，形态可鄙，从前朋友常以为外人用过的中国人，中国人再不能用他们。我不相信这话，现在才深信其言之不谬。至于他们所受的待遇，非常之优，有极平常的一位，月薪大洋六十元，食用尚在外。比地质调查所的调查员还阔绰，难怪这班人如此形态！去年安得思所带的一班人，已不甚入眼，但比之今年这班人还算好得多哩！

二十五日起来，继续西行，不久即出山地，行于平原，介于南北二山岭间。以后过了那箱子样的两小山至哈柳图河，知至少这一段路即徐旭生一行曾经过的。到哈柳图河时，天已很晚，幸有月色，尚勉强走了几里，到一个不知地名的地方住下。

夜间月照当空，天空无一片云翳，而又没有风。深夜之中，极其沉静。在广漠的蒙古高原中，消受此静寂朗明的月夜，真算是一种福气。

又到乌尼乌苏

二十六日午间，过有蒙兵驻守的黑山头，不知因为何故，丝毫未经检查即放行。我们的护照，自北平出发，至今尚未用过一次。若比内地五里一盘问、十里一检查，觉得方便得多了。

路仍是时在河谷、时越高丘、时疾行高原上。原来蒙古地方，就地面情形看，可分四种。一为山地，而此山地，又代表一古平原之面，而后来侵蚀的，学术上名之曰蒙古侵蚀面。自四里崩出发以来，以至羊肠子沟、乌尼乌苏等山地均可归此类。二为戈壁平原，较蒙古高原低得多，上面极平，大半覆以石子，覆以绿草，到处汽车通行无阻，此等地方，即一般人所谓草地，宜于畜牧，面积约占所谓戈壁平原之大部，名之曰戈壁侵蚀面。侏罗纪以后的盆地堆积，几乎全在此地形中。三为湖沼或河床地，即古湖沼及河床干枯缩小后所遗之部分，大半有丛草集生而不连续。丛草堆积聚起来，可挡沙土，因之更高，状若圆丘，视之俨若墓坟。此等地方，多而不大。最后那一种，即为沙漠、沙丘等，则为更进一步之侵蚀之结果。黄沙茫茫，植物稀少。我们此次路线所经，因极力避免，所以经过沙地很少。此日所经各地，前三种都有。要在蒙古地方，把这些不同的地形详细地测绘出来，首先需要的是可靠的地形图，其次当然是精确的调查。

下午三点，又到了乌尼乌苏。我们住在河的西岸，到这里才有机会再洗一回脸。水虽然很凉，幸天气尚暖，所以不觉冷。因风很大，所以把帐篷支起来，并且支得十分小心。听说明天下午才动身，当然明早可以多睡一会儿，同行中有人恐路上受饿，在汉人包中定做了许多饼，以备不时之需。

乌尼乌苏河谷也很宽。以现在所至地看来，最近代的力量，绝不至于使河谷成这种样子。我觉得此种河谷的造成，至少在三门系，或者要更老些。河流的方向，大部分向北，注于戈壁大盆地中。但是否以前有时候向南流过，也是一个疑问，且是一有兴趣的问题。

次早我们在附近山中做了一度小考察。回来沿一河谷，在山里边。此河谷很宽而很深，而一出山口，在洪积世之冲积沙层上，但割了一道很窄的河道，注入大河中。由此可证此宽而深的部分之形成，当然是很古的了。

向着荒凉的旷野走去

二十七日午，一切都安排妥当，向西进行。车中满装了汽油，几无隙地。因再西直到酒泉，再无存油之地，所以不能不如此预备。乌尼乌苏以东的路，以前均经探过，以西完全没有。现不取道三德庙，以避大沙丘，而想由此找一新路，

144

以利进行。因据说在外蒙与内蒙的边缘,有一条往新疆的新路,沙子最少,宜于汽车,以前苏德朋(Söderbun)曾走过一回。苏德朋最近尚替新疆省政府工作,想造一条横贯东西的汽车道。我们前在乌尼乌苏,所遇曾为安得思拉骆驼的人,也是替他们工作。但是蒙古地面极大,而车过遗迹,又不易保存,人又稀少,所以以前的路,很无法追求,正和探新路一样。从此到酒泉这一段路,的确是途中最困难的一段。因自酒泉以西,全沿大道进行,当然没有什么。成问题的完全在这一段,然正惟如此,所以特别有兴会。人能在荒野的自然中,做求真理工作,而新的山川环境,又时时呈现面前,的确是一种大娱乐、大安慰。虽有旅途之苦,也是值得的。

初起身数十里,路全在花岗岩中。因风化侵蚀的结果,俱呈各种奇形怪异状,道路也较为崎岖,比花园、公园中人工造成的山石好看得多。及到了水成岩的地方,便无此奇趣,可是另外有它的奇景。这天道经一大河谷,谷中榆树颇不少。自百灵庙以后,有树的地方,便算此地。河谷中沙子很厚,对于硬重的车全无抵抗,因之行走颇不便利。所带的三辆普通轮的汽车,尤为困难。若是一车陷入泥中,可用爬行车从后推行,倒也发生很大的效力。推不动时,须将轮下沙子铲去,以减阻力。这天有一个车坏了，修理好费时半天，因而只走了三十多公里，便在荒谷中就地住下。登高一望，平原在望，知不远即可出谷。

当夕阳将落的时候，光线由近地面斜射上来，呈各种奇异美艳的颜色。天空云彩，经夕阳渲染，更为好看。当这时候，忽然听到叮当的铃声，从远处送来。顺铃声望去，原来是一大队骆驼商人，自谷外平原缓缓而来。骆驼队在蒙古风景中本是一最好的点缀，又兼在这将落的夕阳下，更有难以描写的诗意和画意。

次日出山谷，为一大平原盆地。远望有二塔，呈柱形，乃为经天然侵蚀力而残余的，并非人工所为。是日风很大，黄沙飞扬，非戴风镜不能睁目。旷野茫茫，但有狂风声与汽车声相唱和，景象颇为凄惨。行至中午遇一井，适值用午餐时，乃在该处略事休息。井中之水，咸不可耐，勉用之，下咽而欲呕者数次。然除此水外，又无他水可饮，为解渴计，只得强一用之。

在此井旁，遇一山西人，是在蒙古做生意的。只有两个骆驼，一个人孤行沙漠，观其体格健壮，意态闲适，真令人不胜景慕。因为我在沙漠旅行，既有新式的汽车，带着丰富的食料，又有许多人同行，虽然很苦，但究竟不算什么。而这些骆驼队商人，在这荒凉沙漠中，每日不过行数十里，饮食上又十分简单，非有绝大的耐力和吃苦的精神，绝不能忍受。至于一人孤行，当然更为困难，安能不令人钦佩！

因路上沙地太多，而普通汽车又难于前行，所以不但进行的速度很慢，且要时时推那三辆车。以一天的工夫，才走了三十三公里的路程，反没有普通骆驼快了。主事的人，仿佛也感到太慢，所以决定晚上继续前行。夜间十辆汽车连接前进，灯光彼此可见，前后亘十余里，又兼皓月当空，清风送爽，真也别有一种风趣。但所不能不引为憾事的就是不能好好看地质，白天在汽车上看地质，已算很粗的方法，而今在月光底下，更是不可能。恰在这一段，两旁有很好的红砂岩露出，大约是白垩纪的。若真有恐龙一类的化石，那岂不是成了"无缘对面不相逢"了吗？

行至十二点，即就道旁住下。近来露宿已成习惯，不以为苦。但因听说次早四点即须起身，算来不过四个钟头，打开行李又收拾，觉得不值。体倦已极，即在车中睡。但车内满放着汽油，没有空地方，腿也伸不直，手也没有合适的地方放，似睡非睡，混了一夜，不到四点就起来。因连日喝水不干净，颇有闹痢疾的趋势，一天三四次，所以晚上更睡不安静。清早起时，东方尚作鱼肚色，大家全未醒，清静非常。一会儿间，东方已现淡红，而微带黄色，渐渐变深。片刻中，一轮红日自水平线徐徐升起，真是好看。在戈壁沙漠看日出，简直同海中看日出一样的壮观美丽。非身历其景的人，解不出其意味来。

　　早间吃了点心，随即西行。上午经过一段一段极大的平原，平原上面简直是水平，即所谓戈壁侵蚀面，上面盖以石子，其铺的大小平均一律，比人工做得还要好些。按此等石子，大部分系由以前侵蚀残剩的，以前堆积，当至少比现在厚，风力侵蚀的结果，细小的被吹而去，重大些的残留下，久而久之，遂成这个样子。此等石子，积至一定厚度，即可以保护地面，不致再侵蚀，或至少可使侵蚀速度降低。原来此等保护地皮防止侵蚀降低的办法，或是由于植物，如草的生长，或是由于残余石子的加厚。倘因另种关系，使一地方的石子减少，或没有，或无草等，马上侵蚀便加快，而继续其造成低盆地的工作。此等情形，在蒙古到处可以观察到，为蒙古地面之形成很重要的一个原因。

　　且说我们午间到了一个庙，名巴个帽脱庙。附近有井，遂在此地吃午饭，也得有机会把脸洗一洗。自出发以来，洗脸一事，早已视水的有无为转移，不一定每早起即须洗脸，或每吃饭后一擦脸等事，只是遇井而洗。万一遇不到井时，只好不洗脸。巴个帽脱庙和大部分的蒙古庙一样，是西藏式的建筑，白墙平顶，上加以红边。我们并没有进去，因对这个不感什么兴趣，门口有若干榆树，颇使沙漠有一点生气。今天天气特别热，在太阳下温度在摄氏五十四度，冷下也三十五六度，真令人不耐。幸饭后在庙门口可以休息，不至在阳光下硬晒。开车以后，时来凉风，倒还好些。

附近所经，有许多地方有白垩纪以后堆积，大半为红色粗砂岩，有时有土质。凡能有机会观察到的，都好像没有化石。但我们走得如此的快，而较远地方的露头，又不能去看，即看的地方，因时间不允许，也不能算是仔细。所以究竟是不是真无化石，或有，而为我们所未及见，就很难断定了。

由巴个帽脱起身，已下午四点多。但极热时已过，途中甚为舒畅，无午间酷热之苦。初沿一河谷走，两旁时有榆树，宛如马路。不久即入山中，经一大平原。时天已暮，而仍继续进行。据说许多开车的都不愿夜行，空气很为紧张，大喝其酒。外国工人喜欢喝酒，不如此不足以鼓其勇气，所以他们特别预备许多酒，而酒不给中国人用，当然为主要原因。但卜安应当委婉声明，解说工人所以必须喝酒，而大家自当原谅，绝不至发生误解。

入夜以后，我在车上渐渐睡着，一切情形，完全不知道。及至十一点多，恍惚中醒来，见车四围皆为奇形怪石，知已又入花岗岩山地。时风声呼呼，寒气逼人。虽夜间为时不久，即到第二天，仍须早起，但因昨夜没有睡好，遂取出床褥，即支在山头，在月下成睡。

计最近数日，每早四点钟起来，十一点多才停止，一日差不多十九个钟头。中间早餐、午饭延误可五六点钟，而所走每日亦须十余小时，所行不过五六十公里，其原因由于路不好，车太重，又兼有三辆普通汽车，当然可以原谅。不过长途茫茫，如此速度，不知何年何月始可抵目的地，而何年何月始得返北平，真令人焦急。每天时光，以十分之八九消磨于车中。下车不能远去，考察更不能，尤为苦闷。

陷在深沟中

五月三十日清早醒来，看见所睡地方，四望皆小山丘，又在同一高度,知又在蒙古侵蚀面上。上面流水侵蚀遗迹尚在,此平面上当曾有过后期堆积,而又为以后侵蚀冲去,因之古地面又露出。行李收拾好起身,一方面又摄电影,因之很慢。行不数步,车下一大坡,不久忽又停止。下车前视,才知道车入一河沟中。前有二处,甚窄狭,车不能过。惟一的办法,就是要把窄的部分炸开。但他们没有一致的商议。有的在这边开路,有的在那边填一坑,工作极不一致。中国人方面,有尽力帮同工作的,也不过搬一石,或掷一石,而亦莫解其究竟。最后尽半天之力,放了一炮,把山石的一角炸开,修好一段路,可使车通过。修好后,吃午饭,休息,至下午四点,始过此难关。以后车又由沟中,绕到山上,曲曲折折,始到另一低地。这日的工作,总算起身以来最难的一部分。

出山地,入低地,时有长墙一道,即所谓边墙,由石造成,宽而低,其内部(南边)不远,尚有一古城遗迹。这个边墙,当与百灵庙以南的"旧长城"是一个东西,或当归于一年代。如果照徐黄君的意见,为战国时物,当为长城的先河。但地点如此向北,当时中国文化,是否即到此地,未免可疑。可惜我一刻解决不了这个问题。但无论如何,此墙必为中国人所建,而时代必很古,乃是无可疑义的。我们到此已晚,次早即起身，所以没有工夫细为调查，又未能到古城遗迹一视，十分遗憾。我们到此城墙时，正当夕阳已落、晚霞犹存的时候。茫茫黄沙，青青野草，中有一道颓废的倭城，长城似的，蔓延于旷野。此等境象，已是可爱，又兼不能不令人回想到中国远古文化的盛况，而现在城垣的化石化，怎能不令人凭吊呢？

这一天因为在深山沟中，耽搁甚久，所以只走了九公里，便在长城内一井旁住下。附近有几个蒙古包，蒙古男子却不在家，只剩了几个女的和其惟一的财产（牛羊等）。我们买了一只羊，以做食料，因好久打不到黄羊，肉食将要断绝了。

晚上吃饭的时候，中国团员方面，忽接到一种命令式的警告，以为若干团员不应在厨子方面表示吃不饱，且谓白天见车陷不动，而作壁上观，多数并不帮忙云云。此等说法，一部分纯为误解，而一部分尤太看不起中国人。按车发生问题，大部分为机械上事，当然须有计划，始可工作。至于普通推汽车、搬石子等工作，中国团员方面，无不努力帮忙，何尝作壁上观。说到吃不饱一事，确为实事，向厨子述说，是随便说笑，并非嫌吃不饱而向厨子要求多吃。在沙漠中旅行，当然要吃饱，即使吃不饱些，亦只好为息事而忍耐。不过中国团员之所以愤慨，不在吃上，而在待遇之不平等。何以洋人可以随便吃面包，并且可以喝咖啡和酒，而对中国团员，则一再对厨房讲不许吃用呢？此等待遇，实令人难堪。中国团员，并不是为吃而愤慨，实为待遇太苛而愤慨。

第二天一早起来，仍过那长途仆仆的生活。前行不数里，即遇见一段巨大的沙丘。去年、今年虽在蒙古两次，但所过的地方，不是山陵地，就是戈壁草地，此等大沙，只有十八年在陕西北长城外沿看见过。但此地的沙丘，比那里的更大，最高可十五公尺，延长如蛇，极目不尽。我们路程，幸为横穿，所以尚好些。沙薄的地方，有不少的柽柳树点缀其间。虽可稍杀沙漠的荒凉，却也代表真正的沙漠，因此等植物为沙漠性的植物。此等真正的沙漠地，就是爬行汽车过这些地方，也很费力，何况还有三个普通轮子的汽车。因此单用以爬车推行的法子，不能够用，于是就把爬车的车拖卸下，先拉过普通汽车到没有沙子的地方，然后回头再拉拖车。这样办法，不但费事、费工夫，且费汽油，但也没有别的好法子。

沙丘底下，常看到新石器时代的石器，可代表蒙古地远古的文化。惜大部分埋在沙子下边，所以不能做尽量的采集。

午间休息，吃午点时，天气照例是十分酷热，几不可耐，想避又绝对没有阴凉地，而又没有一点风，人急智生，许多人就去躺在汽车底下，以求取得一点阴凉。吃午点时，忽听卜安对郝君讲了许多不客气的话，我仿佛只听到一句"……你还没有饿死啊"！此等说法，太不合理而无礼貌了。

下午的路，虽然比上午好点，但车路沿一河谷行，沙子也不少，或推或拖，都是时时免不了的，所以速度并不快。河谷中时见榆树三五株，孤立夕阳下，灰黄的沙，斜铺在谷旁山坡，也自是绝妙的风景。用自然科学的眼光看去，无所谓干枯的无兴趣的地方，不一定一般人视为好风景的地方就是真好的，渺无人烟的沙漠、酷寒的两极都自有奇景，只看观察的人能不能领会罢了！

前已说过，此次由乌尼乌苏向西这一段路，不敢说一定是探险，却的确是尝试的性质。其目的在求免去以南的大的沙地（如由三德庙），而同时又不能过外蒙，虽然三德庙走过一回，却经过一段外蒙地界，因此当然免不了困难，而困难中尤以陷于深沟的一回为最。但过来不久，据第一辆车上人讲，在两三处看到有走过的汽车印迹。以前除苏德朋外，别无人坐汽车向新疆去过，当然是他们一行无疑了。途中遇见的汉人，也说以前不久，曾有汽车经过。因此卜安等很高兴而得意，以为路线大致没有走错。

这天晚上到了一个地方，名叫哈也尔阿马脱，有十几个中国商人，大半都是山西代县的人。所以今夜的住地，颇觉热闹了许多。

又在戈壁过生辰

前几天在车上沉思，就想到今年又要在戈壁过生辰了。又到了六月一日。我的生辰，对于别人当然没有丝毫的关系，不过就个人言，一个人的生辰，正是一个人回想他自己的过去，困苦的也好，甜蜜的也好，之最好的时候。但是我又感到茫茫人生，没有可资纪念的，所感觉的只是飘泊无定。我想我若能够把过各生辰的地点，在地图表示出来，必然很有趣。可惜我现在不能做这一点小工作。所记得最亲切的，就是去年今天，我随中亚科学考察团来蒙古，行踪正在张北县北的哈达庙。那时候探险的方向尚未定，安得思等数人，先往以东探查，而我与张君则孤居帐中，过那单枯的生活。其种种情况，尚历历在目。今年此日，虽仍在蒙古，却到了河套西北距家乡数千里外的哈也尔阿马脱。此地旷野，举目茫茫，黄沙无际。虽有碧草云星点缀荒原，冷清情况一若象征着茫茫的人生。此日在北平的慈母以及妻子家人，以及相知的师友，必念远人。我在荒野，亦不觉期然而然地想到他们。这就是我过生辰的代价。因为平常生活来不及有这样的沉思。

哈也尔阿马脱的中国商人，全住在自己盖的蒙古包中，有固定的地方营业，为百灵庙以西内地商人在此经商的一种进步。因去年在滂江东北一带所见内地商人，都是夏季出来，带些货物，游迹无定，和沿街叫卖的小商贩差不多。至于这一带所见的，却都有一定的居所。而且往往一商号在相距数百里之内有几个分号。哈也尔阿马脱，在沿途所经各地，实是商业比较集中的一个地方。据他们说，外蒙因独立的关系（其实是附于苏俄），对中国商人严加禁止，因此商务等于停止。此地北距外蒙界不过数十里，沿交界每三十里，有五兵驻守，防视甚严，如临敌国。但我国方面，却完全取不抵抗不理会主义，真可算大国民好气度了。

上午未起身。吃早点以后，到一汉人所居包中参观。见内部颇整洁，地上全铺的是地毡，一望而知其为一殷实的商号。入内见给卜安办事的那位，在内抽大烟，遂出，另至一包中，其中不及前之好，却也可观。商人招待颇殷勤，我们在里边买了些酒吃，又有葡萄干下酒，总算过了生辰了。我并买了一把蒙古人用的刀箸，以作纪念。此刀可挂腰间，蒙古人无人不有，却是由内地做好运出来的，十分粗恶，价洋两元，并不便宜。以后又见到外蒙用的货币，其纸币十分精美，显系在莫斯科制造。银币也很好看，有一元、五角、三角等种。每元约合中洋三毛多。在此地买卖东西，须以货就钱，不能以钱就货。如尽一元购物，物若不值一元，必须添购他货，补成一元之值，觉得很不方便。但因铜元不通行，亦是无法。

无事的时间，最不易过。上午既不动身，转觉日子很长。好容易挨到午，急切到不了吃饭的时候。烈日当空，无地可乘凉，乃坐于汽车中看看带的闲书。正在看时，忽听后边起了大哭声，细辨其音，却是同行郝君景盛的声音。我初以为他是和别人开玩笑，故作此声，但立刻辨出是真哭，却也不知其为什么缘故。经仔细打听之后，才知方才发生一件极不幸的事，就是法方卜安竟毒打郝君，于是在我生辰这一天，竟添了很可痛心而又很可注意的事了。

原来卜安、裴筹等，正在那里照电影，并测日的高度。郝君疏忽未察，恰从前面走过，妨害他们。于是卜安竟责郝君，始出恶声，继则拳足交加。郝君始终并未抵抗，因之身受数伤，

上：额济纳河畔

中：过额济纳河

下：额济纳河岸的柽柳

上：天仓大车

中：爬车上照电影

下：酒泉北之长城遗址

念及被辱，遂不免痛哭。此事发生后，中国团员方面都十分愤慨，会商对待方法。但意见甚多，莫衷一是。有主张全体退出的，有主张局部退出的，有主张忍耐同行到肃州或回北平再交涉的。郝君因身受奇辱，绝不愿再同行，而全体退出又有困难，结果遂依第二方法。新闻家周宝韩君，一方因不平此等暴行，且念郝君一人，中途恐有不便，一方面任务上比较轻些而且自由些，乃告奋勇退出。决定以后，即由团长通知法方，法方立即同意，只说了些照例官话，十分抱憾罢了。

此事发生后，我个人有许多感触。此事的曲直与背景姑不论，而随便动武，无论在何国何地何时，都不能说是文明举动。中外合作的事，向来是中国人吃亏。主要原因是中国不出钱，外人尝目为中国人为揩油性质。虽在我国方面，以为是在我国国土内，此等要求为当然事。但国势如此，又与强权即正谊的原则相背，因此不是所采的东西，大半入于外人手，就是参加的中国人，也要受许多无谓的闲气。去年与张君席禔参加中亚科学考察团时，即有此感想，我们也讨论过。然安得思虽为一著名流氓，尚未做出此等打人奇事，今竟出于法方，我只有打一句照例的话："不胜感慨之至！"

郝周二君既决定中途脱离，乃将行李取出。没有多大工夫，一切已清理就绪，为作纪念计，我们还在一蒙古包前照了一个全体像，遂与他们握别。我们仍要前行，遂登车。一会儿我们车开了，反是他二人先送了我们的行。此时心中有说不出的一种感触。法人方面，毫没有一点惜别的表示，好像没有那么回事似的，就在这样情形下，把两位团员中途丢掉了！

车行起初数十里，经高高低低的沙地，介以小平原，景物上无甚特别可足记的。因为沙子还不少，所以不时还要推车。一会儿遇见自西来的一大队骆驼商人，一问之下，知道是从肃州来的，已走了四十多天了。

再前行不远，经一绝大盆地，其上面为真正戈壁侵蚀面。侵蚀的部分，露出很好的露头，惜无时间详细考察。在此平面上，最宜于汽车行驶，马路一般的平的路，铺以戈壁石子，介以青草，四望奇平，令人时时发生没有尽头之感。在这没有尽头的戈壁中，不禁想到郝周二位，又不禁想到我个人的前途。人生茫茫，不也同这广漠无边的戈壁中旅行一样吗？

太阳西下入水平线，又放出彩色灿烂的光辉，好像给我们道晚安似的，又似预示明天还是好的天气，因之好像感觉到未来还有若干希望似的。但是我们却仍是前进着，黄昏中继以月色，月色下增以汽车的灯光，使人不由得起了沉思。

这一天自下午三点起身，到晚上十一点半才止，共走了四十八公里，到了一个不知道名称的井旁。我们现在的生活，虽不是逐水草而居，却是逐井而居了。车停之后，也没有正式做饭，草草吃了点东西，不管饱不饱，便打开床铺睡觉。我所用的床，因已练习了许多日子，手熟些了，所以能很快地支起来。但是睡在床上，仰视皓月当空，星辰点点，实是睡不着。大家全都入睡乡了，而我还是双目齐睁，不能入梦。万念俱来，思前想后，愈难成睡。愈不成睡，愈要思想。夜间不能睡觉，是一件最不幸的事，何况在旅途中！可是因为有些疲倦，也不知什么时候，居然睡着了。半夜只听风声呼呼，时时把床也震得摇动，但也只是蒙头而睡，管不了许多。

第二天一早醒来，虽然风很大，幸衣物收拾得还好，所以未致被风吹散。把行李收拾好，吃了早点，即开车。这时候风更大了，不但大风，而且夹着风沙石子，恰恰前途这一段路在沙丘中，所以沙子更多，而车又时时陷于沙中，须不时或推或挽，更添困难。在飞沙走石的天气中，相距数尺，即对面不能相见，有时但听汽车声，而不知车在哪里。坐在车中，只见地面上沙随风起，飞行极快，不遇障碍物不止。遇见沙丘时，可看见沙丘上面沙子流动，其背风向风的堆积情形，真是绝好的一种地质现象的实际观察。

狂风怒号中旅行

坐在车上不戴上风镜，眼就不能睁开。车内积的沙土，至少有二寸厚。脸上也为沙土盖了，耳孔、鼻孔、口腔内无不满塞着沙土。在此情形下，我们还是照常地走着。念及此，不觉精神为之一壮。竭一上午的力量，才走了一二十里路，就停在风沙中吃午饭。我们坐在车中，由厨役送来。食物入口，不敢用力咀嚼，因一嚼即有沙磨牙，得一种很不快的感觉。吃完以后，有人送来咖啡，别人喝了以后，车夫问："何以不给姓杨的喝？"那位工程师说："中国人不能喝咖啡，杨君是中国人，所以……"这样的三段论法，于是乎取消了我的喝咖啡权利。其实我并不爱顿顿饭喝咖啡，即完全不喝，也绝不至饿死。不过此情此景，太令人难堪罢了！

正午以后，风稍小些。沙土也不照以前的剧烈，同时对于两旁的地质，也能尽力所及地看一点。在停留休息的那一会儿下车，竟在石灰岩中找了不少的保存得很好的化石，如珊瑚、石燕之类，为自出发找见化石最丰富的第一次，可惜没有工夫多为采集。

下午天气转好，本可多走一点路，不料一辆车忽生了毛病，收拾了三四个钟头才得竣事。可是天已黑，只走了不远一段便住下。这天也只走了四十公里。趁车坏的工夫，我们又得看看地质。

说到坐爬行汽车考察地质，实是很困难。此次组织，本只是横贯亚洲的大旅行，而不是什么学术考察，与中亚考察团及西北科学考察团绝不相同。后二者以考察学术为主，一切设备，都是为考察学术而设的。遇有学术上重要地点，不但可以停下，即停数十日亦所不惜。中法学术考察团，虽中国方面以此命名（法方自称横贯亚洲大旅行，中文称则曰中法委员团），但实在以旅行为主。所谓考察，不过附带罢了！就我们地质方面说，距路线稍远的地方，当然不能去，所有可以看的机会，不过下列几种办法：

第一，是听车前进，而只在车上看两边的山景。有些岩石及地质结构等，当然可以看出一点来，不过大半也有些不能解决或证实的。同时路旁的石子，也成了观察的对象，因由石子的种类多少等，往往也可以推测出附近有什么东西。但一方面实在东西拿不到手中，而车又是动着的，所以除非特别容易认得的岩石可以看出来，如石灰、砂岩、花岗岩等，有的就不的确，靠此方法找化石，更不可能了。幸德日进先生经验丰富，有可靠的判断，而我因他对于坐汽车看地质，竟也得了相当的经验。

第二，就是趁午间吃饭，或中途因机器太热休息时，或是因坏停止时，可以看看地质。但此机会，完全要靠运气。因车停在地质方面较好的地方，当然可以，不过十有八九，都是停在地质上没有若何兴趣的地方。停留最多的地方，不是井旁，便是沙中，真是无可奈何！

第三，就是遇有特别非看不可的地方，才请将汽车停下，下车看一看。但不免要看司机的颜色，又不能到远的地方去，又不敢多留。总之也只得到极近的地方急急忙忙打一块石头，跑着去，跑着来，观察一点东西而已。然此层还仗德日进的关系呢，他请车停留一会儿，他们还不好意思不答应，所以借他点光，我也可以看看。若只我一人，那就不堪言了。刘慎谔君采集植物，也大半只有上述的两个机会，而这一点上，往往还要碰钉子。

其实不但地质、植物如此，即纯粹法方的自然科学家雷猛，也是如此。只有借机会考察采集，而不能认真切实，所以并不是专对中国方面如此。总之他们的目的是在试汽车，不过约几个学者，充一充幌子罢了。

这天还住在荒野的草地上。第二天天气较好，走的路也多些，经了许多山地和平原，晚上到了一个地方名叫班纪巴拉哈，计共走了八十公里。总算起来，为走路最多的一天。到班纪巴拉哈时，也十点多钟了。夜色苍茫，看不出什么来，只听说这里是一个较大的地方，内地商人在这里营商的颇多，比哈也尔阿马脱还要大些。及到第二天一早醒来一看，也不过有十几个蒙古包峙立荒野中罢了。商人仍大半为山西代县人，对我们的行装、汽车都表示奇异的样子。说起话来，他们都很和气，若问他路程，不是说"可还远"，就是说"摸不清"，又有的说"几站几站"，究竟这"站"有多少里，有多么长，他们也说不来。原来蒙古地面广大，而又未切实测量过，他们商人往来只以骆驼住夜作站。站的长短，很有出入，明了的距离的观念，却是没有的。不过据我的经验来观察，他们说的里都是很小的，不如内地北方的大。譬如说有四百里，汽车经过的公里，不过一百五六十里，合起来也不能过三百里（每公里合中里一·七一多些）。

从班纪巴拉哈向西行，因为路经过地方，都是侵蚀后的山地，沙漠较少，所以走得很快。夜间到了一个地方名叫第尔苏呼托，译言第二井，也是丘陵，沙原中一个有水的地方，也有几个内地人在此做买卖。近来每天都是四点钟就起来，收拾妥当后即起身。午间吃饭后休息，到下午三四点钟才继续进行。到晚上照例要趁着凉夜走两三个钟头，此等办法，当然有许多方便的地方，不过夜间休息的工夫感觉要少一点。一天最困难的时候，就是十一点以后到三四点钟，这时正是一天最热的时候，车停下时在车中尤热，车外又无可避热的地方，阳光下温度总是在五十度以上。四点钟以后渐渐好，日落后，温度便很快地减低，这时候又非穿厚棉衣不可。总之蒙古气候的特征，就是极端的气候。热时特热，冷时特冷，刮起风来也是特别大，而无风时却一点风也没有……是绝对的大陆气候。

　　因极端的干燥，雨量更为稀少。我们自出发以来，除在四里崩遇雪，只遇到几次雨滴，而没有遇到真正的雨。在哈也尔阿马脱听该地的人讲，附近有十年没有雨。那么山陕甘肃等省，前遭酷旱，当然不足惊异。大半西蒙比东部更干燥些，所以虽有戈壁平面，而草并不繁茂，地中应有的植物亦不茂盛。

　　由第尔苏呼托向西，方向大致向西而略偏南，沿途北有山岭，大约为与外蒙交界处。以南不远即为大沙漠，即地图上所谓小戈壁，为宜于汽车驶行计，沿此山脊而行。而我们之所以找不到大的盆地堆积，这大概是最大的原因。但我们在这附近找见一个地方，地质上十分重要，因为可以解决不少许多日来的疑问，而把太古震旦及古生代后期的关系，弄得较为明了，总算十分痛快。

这一天走了八十三公里，也算不少，路上除遇见了由西来的一队商人外，一个人也没有见到。方向还是向西，晚上住的地方没有井，惟每辆车上有若干水桶储水，所以吃的水尚不成问题，而近来又以不洗脸为常，所以还不觉得怎么不方便。总之，凡旅程上不方便的地方，近已习惯了，遇有不方便处，反可处之泰然。所住的地方，听说距额济纳河岸只有一百多里，明天一定可到，心中颇喜，因为旅程又可告一小小段落了。

次日已是六月六日。清早起身前，尚抽暇看了附近一近生代地层，没有找到化石，沿路此等地层中，所看都似没有化石，也是离山太近的缘故。动身时已快七点钟，每天早四点即起，而常须三四个钟头始能成行，固由东西繁杂不易收拾，而他们弄得事事繁乱，人又多，这也是主要原因。

168

西行数十里,仍大半在山丘中行。到一地遇二三内地客商,据说离河岸有二十余里,但走出二十多公里,依然还看不到河的影子。直到由清晨起身行有六十多公里,才远远望见一带绿郁郁的林地,知将到河岸。南望河岸山丘,看到真正的大沙丘,前望河的对岸,也是山丘。两岸都是大沙丘,而中间有这么一带河,附有森林,尤为奇美,真可算是沙漠中的沃地。

到河畔约在下午一点多钟,便在这里住下。住的地方虽说在河畔,可是还望不见河,因此地河谷,宽可十余里,又杂以柽柳、胡桐等林地及草地,所以望不见河。此地有许多树木可看,又兼到了这地方,总算是旅行数日来所预想的一个目的地,所以心中很为高兴。计自百灵庙起身经乌尼乌苏、哈也尔阿马脱、班纪巴拉哈、第尔苏呼托等地,到此共走了十四天,计路程共约八百八十三公里。所走的路线,从百灵庙到哈三图以西附近的一段,与徐旭生走的一段差不多,而他们偏南取道三德庙,我们的偏北,但到额济纳河,他们又偏北到黑城,我们则又在黑城以南数十里,因之路线不免有出入。我们在河岸所住的地方,据附近人讲,名叫瓦窑套来,因附近有一瓦窑而得名。按额济纳河有许多名字,地图上名由坤都伦河，又名弱水，俗又名二力子河，凡南山以北之水，均入此河中（以南之水，则多入黄河中），北入居延海，为甘肃西部一个很大的河，颇有灌溉之利。

额济纳河畔

到额济纳河这一天下午，总算把脸洗了洗，饭也吃得比较丰富。却有一点事有些煞风景，就是买了一个牛，正在路旁枪毙，牛被击一枪，即行倒地，但四肢不时伸曲，状极痛楚，约有七八分钟工夫，高叫数声，极凄惨难听。最可注意的是其他许多牛闻声群来环视，此时又有人向牛打了一枪，牛才绝命，而群牛亦散。此时不禁动了恻隐之心，食颇不甘。

一会儿太阳已落，而半天云霞作奇异色彩，照耀于远处沙丘、近处丛林中，尤为美丽。真是一幅绝妙天然画图，可惜我这一支秃笔，不能描写尽致。

这天忽听说次日不起身，所留汽油不够到酒泉了，须三辆载汽油足的车先行，余车向南能走多少算多少，那三辆车再由酒泉把汽油运来给这些车子。究竟详情如何，历来团中事无大小，向不公开，所以也无从知道，所知道的就是三辆车先往酒泉，而他车只能在半途等他们。原定次日才起身，到了次日，本定下午三点动身，而收拾不能妥当，到四点半那三辆车先行，其他车又定次早再动身，三辆车内有卜安、裴筹等，中国方面有姚焦二君。下午无事，到东边闲游，先过若干沙丘，后遇数小湖，法人某下去游泳。可惜我没有此项本领，不胜惭愧。不久即从此道散步回来，穿丛林，过草地，骆驼、牛羊、行人，均在这美丽的夕阳碧野中点缀风景，令人不禁身心怡畅。晚上吃饭，正是所杀的那只牛，不吃肚子饿，吃又好像心中不快似的，"闻其声不忍食其肉"，虽是不彻底的办法，也是人情所不能免的。

两夜睡在此地，都是被狗叫惊得不能安寝，一狗吠后群狗和之，而团中所带的狗又在床头，大叫而特叫，真讨厌已极。虽听说以南约四站路便有土匪，但这里还太平，所以虽闻狗叫而尚不甚惊慌，依然在狂风呼呼中蒙头而睡。

我们是八日早晨起身，起初在草原上走，以后渐入林中。林全系柽柳和胡桐集成，柽柳家触目皆是，大者如小山，一望无际。胡桐树虽也不密，而彼此相接，也算是林。车在此中，曲曲折折行走，并看不见真正的路，有时走在狭处，树枝打在车身作乱响。遍地都是落下的枯枝碎木。倘在内地，此等森林，早已被摧折净尽了。在此林中旅行，逐目虽无大变化，而奇趣横生，完全是和林木打交道。不一会儿又过河，河床虽无水，但河两旁林木、河床中沙子，也是可爱的。据说因上流灌田，水不易下来，到秋天倒有水了。我在车中常常想到赫定和徐旭生等在额济纳河畔的生活，他们在此过国庆节，其欢乐情形，实令人神往。他们在秋天，所以看到河畔这样美的林子的秋色，各种颜色的叶子都有，又兼河中有水，思到这上面，那是多么美丽啊！可惜我们不能饱此眼福，总算遗憾！只有凭河岸，而联想其秋之美罢了！

初行沙丘，介以森林，过河行十余里，沿河旁平原行，只此平原似为戈壁侵蚀面而较低，有许多部分仍盖以森林。在一林中，见有中国房子遗迹，但已无居人。再南行不远，途上见有车印，可证明离汉人住区渐渐近了。这一天走了四五公里，住在平原一个森林旁，晚上有风并不很大。次日起行数十里后，见许多汉人，在沿河放骆驼。不久，路又折向河的东岸，森林已没有了，依然是广漠的平原，惟南有一带山突起，峙立平原中。按此为天山山脉最东部分，德文地图上所谓 Kökö ula。竭一日之力，走了一百一十公里，就住在 Kökö ula 的附近。此山脉为额济纳河所割穿，河流旁芦草池塘很多，近岸也有不少的树木，风景的佳丽，比瓦窑套来，又是一种风味。

因附近有山，下车后我们即拿上锤子上山看岩石，全为真正的震旦纪石灰岩。以前我们虽找到些这类岩石，但全不能确定。今在此就岩石性质上看，确切无疑，心中很高兴。这个山很高，离地面在二百公尺以上，我们爬到山顶。可向四边看，西边河对岸有山，为天山东脉，以北为戈壁平面，以南也是戈壁平面，向东及东北，有小山一群，峙出地面。在黄昏中这些山宛如孤岛，峙立海面。山脚下的沙层，好像海岸上波浪的花波。总之在山顶的感觉，简直完全在海洋中一样，不觉心脑为之清畅。时已日落，即寻小路下山，到停车的地方不久，即感觉到一个很大的痛苦，就是蚊子。昨夜虽有蚊子，因有风，还不觉有多么厉害。现在河边又无风，而蚊子又大，一咬一个红疙瘩，所有的人都叫喊蚊子厉害，我把这地方叫作"蚊帐篷"。

"就是土匪！"

这一夜除了平常的事体外，又添上新的惊慌。听说以南不远就有了土匪，行旅很不安全。吃饭的时候，代理团长宣称要守夜，并指派了六个人，都是法国人。得到这个消息，不禁令人有种种感想，因之一夜都不曾安寝。第一令人惭愧而不解的，何以在内蒙境内十分安全，而一入内地，就有了土匪的惊恐？由张家口向北，在满蒙居民交替的地方也有一很著名的土匪区，今向南行将近内地，又是一土匪区，可见土匪实是内地的特色，怎不令人惭愧呢！第二，法人虽带了武器，但对大批土匪亦是无策，至中国人，则除给法人当差的以外，团长、团员都没有武器。倘真有事，我们还要借外人庇护，更是惭愧。第三，想到人的生死，也实没有什么了不起的，不过忽忽半生，一事无成，父亲身后各事，一点未办，且上有老母，下有妻子，本身责任很不算轻，若在沙漠中丧命，未免令人不能瞑目。

但一觉醒来，已是六月十日。虽有匪讯，也不能不走，不过很有戒心。起身后仍沿河东岸西南行，戈壁平面，一望无垠。有许多地方，也被侵蚀露出底下地层，看来好像应当有化石可寻，可惜没有充足的时间，就让这些好的露头跑过，所惟一的希望，就是盼望以后有机会再来罢了。

起身后约走了二十多公里，忽看见前边来了一大群人畜，大约有一百多人，所骑骆驼、马驴等类，人有一半穿的是军衣，带有枪械。车停之后，有人和他们说话，据说是护送什么人的。我问了其中一人，问他们向什么地方去，他说要上宁夏。不一会儿起身北行，汽车开了，走不远遇见前面开的一个普通汽车，才知他们——军人——曾把那车包围，并实行搜查，又把那带路的蒙古人的刀子拿去，直到后边将有大批车来才罢手。这样情形，当然不是正式军队了。我问那带路的，方才过去那批似军队而非军队的人，究竟是不是土匪。他说："就是土匪！"事过之后，才有些胆怯。我们之所以不曾被劫者，完全因为我们人多又有武器，并且有外国人，且汽车样子奇怪，未免有些吓住他们，真算侥幸。

这天到天仓后，才打听出那些人就是马仲英的溃兵，因与马步芳冲突失败北逃，沿途当然抢劫，至于所谓真正出没此地的土匪，我们却未见到。

由天仓到酒泉

此后平安南行，但道路又多沙子，因之前进很慢，不久，又过河到河西岸。原来本拟取道毛目县，后因传闻毛目也不安静，乃决由河西直向酒泉行。汽油不大充足，只有尽力前行，找一地方，以待先往酒泉的汽车运来油再行前进。过河后，到一村子名叫天仓，遂在这里住下。天仓村子很大，沿河西岸，长三十里，云星村户，若断若续，总名天仓。计自百灵庙出发遇见真正村庄，以此日为第一次，居民都是汉人，大半是由甘州、凉州一带移徙而来的。一切都代表是真正汉人的神气，如耕种，有庙宇，有墙垣，有坟墓……

车到之际，照例有许多村人围看，乡下农夫对我们有一种和蔼可亲的神气，令人难忘。所令人感到不快的，就是人民穷苦的神气已到了万分，看来外表的衣住，简直比非洲人有过之无不及之势。有一妇人面黑如漆，衣服破烂几不能蔽体，也在旁跑来跑去，而外人视线集于其身以为乐，真令我们中国人有些难为情。但这的确是我国的实情，除自怨自责外又有何法。

我们就住在一家空院子内，听说这家房主在多年前被回子烧了房屋，并杀了五六个人，因而搬了家。我们因要休息几天，所以把帐篷支起来。自百灵庙出发以来，只用过两回帐篷，在此算是第三次了。村中男妇，因我们不但是异客，且有洋人汽车，无一不令他们惊异，又兼晚上唱了一回留声机，更令他们惊奇，因之人山人海地前来观看。他们人多极力向前挤，于是拥挤不堪，洋人不能耐，不时报以恶声，并实行驱逐。到第二天来看的人更多，牛拖大车不绝于途。这一带所见的车非常简陋，而车轮特别大，直径比人还高，车身非常小，只可坐两三个人，大约是为易于过河而不能不如此。

我和德日进借在此住的机会，作了两次短途旅行，都是骑驴。坐了许多天汽车以后，忽换了驴子，也觉十分有趣。第一天到了北十余里地方，采了若干化石。于地质构造上，也有一点发现。第二天向南走，到一山名叫大红山，因为这山的岩石完全是带红色的大理石。去时向西，在山坡中行，回来时初沿河，后顺大道。大道以西，河以东，为居民耕种地，住户三五相望，但不连接。所有田地，全靠灌溉，不靠天雨。所以较高地方即不宜开垦，若上流干燥，水量过少，流不到这里，还是束手待毙。总括起来，也是间接地听天由命罢了！

沿途田园，一片青绿，黄色的村子点缀其间，又有庙宇坟墓，完全是内地一般，不禁令人有故乡之思。就风景看，非常令人满意，但就所遇见的人物看，就令人不胜感慨。最令人难受的，就是男子十九而带鸦片烟色，女的没有不缠足的。而足样尤为难看，脚比袜子大，袜子比鞋大，所谓肥、肿、翘，三难看无一不具，真令人看了难以为情。此地情形，看来还是二十年以前的样子，一点也没有改，而又兼时局关系，处处表现民穷财尽的样子。

在天仓住了两天之后，没有什么工作可做，渐渐感到烦闷，急盼前往酒泉取油的车子即日回来。法人吃饭后无事，有的出去打猎，有的往河边洗澡。帐幕中闷而热，温度当下午二点四十二三度，乃外出在树荫下乘凉，但蚂蚁及小虫子却大为骚扰，令人应付不暇，不过清风送爽，总是较在帐篷中舒畅些。我们休息的树林是一排杏树，但树上一个杏子也看不见，问了问，才知当开杏花时，天气太冷全冻死了。

这几天在天仓，因地方不靖，仍守夜。中国人也加入，每夜六人至七人，每一点钟一人，以防不测。十三日夜间，轮到我守夜，并且是第一班，时间是下午十点至十一点。吃晚饭以后，他们都睡去了，惟有打无线电的那位在车中打电，我则坐帐中候守卫时间来到。到九点多，打无线电的那位忽喊叫有灯光，自南来车子了，我遂出看，果见以南远处，有光如豆，但甚明亮，且不时移动，知为汽车无疑。不到一会儿灯光也大些了，并且可看出放射的光辉，此时许多人都已起来，并有人以汽车灯光向南照放，使光对射，以便其易于

178

看见。随后又放了两个天花炮，不到十分钟工夫，两辆汽车已到面前了。知他们满载汽油而来，决仍一同往酒泉，再由酒泉西行。大家因车已到，非常高兴，又因决次日清早即须起身，守卫一事作罢，因之我实际上并未守卫，依然照常去睡。

十四日一早，当然有一番预备起身的忙迫，叠行李，收帐篷不算，他们灌汽油，拆无线电台等，都很忙，本处人围观的很多，并争着要空的汽油筒、木板等，甚至纸片、碎铁无物不要，且彼此相争，真有些观之不雅，并且极力向前拥挤，妨害工作。法人怒色相向，始行退后。中国人用好言劝止，反而无效，国民教育的不发达，实为可慨。早点以后，卜安带无线电乘汽车先行，其余的车子，到十点钟才起身南行。计在天仓住了四天，临行反觉有些不舍，但人生就是如此，也就随着汽车呜呜地走了。

大致方向向西南，及把天仓村子走完后，又是一片荒地，没有人家，经过大部分低的山地和平原，于夜色苍茫中到一地方。看有土堆高耸，似有人家，及下车一看，始知为湖沼残余的堆积。

一夜无话，到次日仍继续前进。过了两道小河，最后一河较大，两岸似为黄土期之沙相堆积。西南方面，三门期及上新统尚于河旁高处，保存尚完好。附近有高寨峙立，保存尚好，不如自 Kököula 一带所见之颓废。再南行人家渐多，到距酒泉约四十里地方入长城。这里的长城，完全是土修成，大半已颓毁。再南行过数支河后，即见真正黄土，表示已到中国北方，在地质上可算一大变化。蒙古地形，直到酒泉，以南到南山，则成为西藏式了。

酒泉以北的河，名叫北大河，就是东流入额济纳河的支河。在河北岸，黄土及其底部砾岩，可以看得清清楚楚。再前行即见丛绿一片，树木繁生，一切有活气，令人心神畅快。至下午三时，到酒泉城。入城时，看的人很多，有万人空巷之概。车开到城东南隅的直东会馆，为中法考察团租用的地方，会馆很大很新，建筑还未完竣，因时局不靖，工程中止。

到酒泉后，始知前八九日，马步芳与马仲英在此冲突。虽无大战事，却有小冲突。马步芳被中央任为暂编第九师师长。马仲英被击溃，往安西敦煌一带。我们十日所遇的匪，就是马仲英的兵。若是早来若干日，或不免受惊恐，就不能不归功于运气了。

计自额济纳河畔的瓦窑套来到酒泉，共走了八天。但在天仓住了三天，实只走了五天，共计路程为四百二十五公里。

若从北平到最终目的地——疏勒，现在走了虽不到一半，也有一少半了。旅程至此，可暂告一段落。

酒泉以前名肃州，为嘉峪关以内第一重镇，以前有镇守使驻此。城内汉、回及蒙民族都有，约有一万余人。南一百余里，即为高四千余尺之祁连山脉。山上积雪，经夏不消，惜为云雾所遮，不易见其庐山真面。附近因有河流灌溉之利，耕地颇便，树木亦茂盛，以杨木为最多。风景与渭河流域的二华一带颇有相似处。经数日沙漠旅行，现在能看到这等地方，其乐可知。

还是向西

照原来的计划，到酒泉后，下午即起身向西。但是一来因为到的很迟，二来因为有一个车有些坏，须加修理，所以决定十六日下午动身。但这个是法方的决定，中国团员方面被他们看作行李一般，事事丝毫不与闻。自从到酒泉后，中国团员颇有一种酝酿，就是若从此再被当作行李看待下去，要争一争人格和主权，和法人算一算账。两方面都有理由，很难判是非。

参加中法科学考察团漫记

181

上：酒泉的"酒泉"（在东门外）

中：沙枣园子土人之原始住室

下：赴哈密途中

上：赴哈密途中（明水附近）

中：一棵树官兵与缠回交战

下：由哈密雨后望东山

就过去一个月的经过情形讲，凡关团中事情，不论大小，绝没有一同商量过，凡是法队长所说的，都是命令式的禁止的话，什么车上不得吸烟啦（但他们却自己吸），不得嫌吃不饱啦，不得向内地通信啦等压制人的事。六月一日的事情，尤其令人发指。团中有无线电之设，原为与内地及其他地方通消息、谋团员的便利的，但自出发以来，没有正式公布过一回消息，中国团员尤似无发送消息的权利。像这些情形，而反称为中法合作，岂不令人齿冷！

但从另外一方面看，所有的设备，全是人家的，人家有钱有车有武器，中间忽然夹几个中国人。就中国人看是在中国旅行，占点便宜不为过分，但在外国人看来，尤其是在眼光狭小的法国人看来，好像我们向着他们要饭吃似的，于是处处露出不悦之色。而我们则时有吃嗟来之食的苦痛。想开一点，觉得我们可借此跑一跑一般人所不易至之地，又可得不少的科学知识，用彼此利用的观点看去，未尝不可以忍耐一点，但若从严格的合作原则及站在国家的观点去看，当然有不可忍受处。

因有以上的原因，所以中法考察团在酒泉发生了一件极可值得记述的事，在本章内我大略地要讲一讲。

且说我们十六日早晨觉得不能走，乃于此日上午，到此地有名的酒泉去游玩。泉在东关外大道以北，泉水并不旺，附近有一小湖，湖中长满了芦草，可供人凭吊的就是酒泉的建筑物，虽说重修不久（民国初年肃州镇守使吴某修的），大部分已颓废不堪。就酒泉本身看，有泉有湖，附近树木很多，极目碧绿，远山在望，景物颇不恶。而又近在城边，实为酒泉县惟一游览地方，应该加意爱护，乃竟如此……能不令人神伤！

　　从酒泉进东关，作营造纸业的很多。纸由马兰造成，最粗的质极劣，另有两种较细的，可供平常使用。后又游左公祠、周公祠等。左文襄专祠初在城内，规模很大。十一年始移东关，现改作学校用。回城以后，即同中国团员六人用早饭，因自到酒家，我们已实行不与法国人在一块吃。此地吃饭，每日两次，早饭约七点到九点，午饭下午三点到五点，约与我家乡相似。吃饭的地方，在一比较大的饭铺内，六人所吃，不过炒鸡子、炒猪肉丝、生拌萝卜及米汤饼等，所费约三元至四元，以比北平的生活，可贵数倍。

　　酒泉离我故乡在三千里外，可是不但社会组织、语言风俗，令人一看即知和那里极为相近，就是衙门的规式和大的建筑，以及野外黄土的城堡，都是足以令人想到故乡。不过这里普通的房子都很简陋，且大半都是平顶的。庙宇也很多，各省会馆也不少，建筑都颇好，且大半有北方式的戏楼。经商的以山西人为最多，河北、山东、陕西人也不少，明了这一点，就可以了解何以上述一切和内地北方各省极相近了。

晚饭以后，就借电报局讨论合作或不合作、西行或是东退的问题。讨论的结果，还是投票决定。主张忍辱西行的三人，即姚锡九、郑梓南和我。主张东退的也是三人，即褚先生、焦绩华和刘慎谔。主张东返的最有力，无论大家向东或向西，而个人意志不为转移的是焦君。虽两方票数相等，但郑君因为和褚先生的关系，不能西行，只有向东，这么一来，当然向东成了多数。可是究竟少数必须服从多数与否，或是主张向西的人，可以不可以向东？当时并没有讨论到。不过向西还有一个大难关，就是据卜安交给褚先生的那张由法使馆转来新疆驻京代表的电报说，新疆绝对不许中国人入境，电报上并说来到新疆是可以的，但只许法国人进省，并且最好连佣人中有中国人的都不用带。如此说来，当然是严格拒绝中国人入境，并不是客气话了。不过新疆是中国地方，而不许中国人入境，实在有点说不过去。而且褚先生也曾接到新疆

186

金主席电报说，中国人来，不胜欢迎，不过同法人来，是引狼入室。像这样前后矛盾的态度，究竟新疆当局葫芦里卖的什么药，我们实不得而知。而我在酒泉感到的困难，就是若褚先生和大部分中国人不去，我们是否不被拒绝，实无把握。万一被拒绝，到那时进退维谷，岂不是没有办法吗？

此外还有一个事实上的大困难：照名义上讲，此次西北之行是中法合作。虽然说到新疆，与西队会合后，才正式用中法名义，事实上早已用了。倘中国团长和大部分团员不去合作，名义当然取消。既是取消，是否能令法人单独西行，实一问题。照道理上讲，当然不能让去。褚先生下午与当地军事长官商洽，请暂留法人在此。一方面致电中央请示。为减轻马步芳的责任起见，并电甘肃主席马和行营主任顾祝同说明一切。这么一来，就是将不能合作情形，请示办法，在未得回电以前，连法方也不让前进。

到晚上，当地长官要看法方护照，以后即说明请暂留此，并禁止发无线电。理由是以西有军事，为安全计，暂请留此。法方于是大生其气，以为当地长官无礼，把他们扣留在此，又用引起外交问题等语威吓。但他们却不知此举全在中方，而主要原因又在他们处置不当，不过中方并未明白言明。适卜安用中法双方名义，向已叛溃的马仲英打了一个电报，要求通行，尊马为总司令，此电为马步芳扣留，故尤令中国人不能满意。

十七日在酒泉住了一天。一天所做所说的，无非关于此事，看来短期内不能动身，乃决定十八日趁间赴城南约三十里地的文殊山一游。究竟前进或东返固未定，而团体发生如此不幸，万一回去，也是无味。并且自出发以来，又一点未得到家中及友朋消息，实在令人焦灼。但事已至此，也是无法，只有利用机会，尽责任以内的事罢了。

傍晚无事，吃饭后，在街上闲游。我们的行动极为一般人所注意，在他们本地人看来，或以为我们是奇装异服。在酒泉街上遇见一戏院，设在五省会馆的里面，入内虽不买票，而要交纳相当的钱，我们即入内一看，所演的戏虽不认识，但音乐腔调，完全有陕西梆子的意味。我们在内不久，不但全戏院观众的视线完全集于我们，即台上打家伙的、演戏的，也对我们予以深切的注意。停立未久即出来，上北城楼，看一看全城风景，幸城上兵士并未阻挡，且表示相当欢迎。在城楼上望见全城，除官衙、庙宇及会馆，几乎全是平顶而且为黄土所造成。此地气候干燥，不常有雨，所以如此土房勉强可以支持。城北北大河自西蜿蜒而来，两岸绿草如茵，比北平公园中人工所养的真要强过千万倍。以西北远山尽处，据说就是嘉峪关。城东著名的酒泉，树木和房屋还隐约可见。最大的壮观还是向南看，南山在一百余里以外，自平原突然起立，峙立如屏。山岭的积雪，尚清晰可见，其雄伟壮观，令人难以形容。经年积雪的高山，在国内我尚为第一次见到，惜目下不能亲往一探奇景，不禁怅然！

十八日清早，向师部借的马已到，共八匹，四匹供褚姚焦郑诸君近郊游览之用，余四匹为德日进、瑞蒙、刘君和我用，目的在探文殊山。此外还有两位兵士随行。出南门向南行，除道路和村落以外，差不多都是碧绿的。沿路和村旁的树木，及一眼望不尽的田亩，又兼几道清流，穿流其间，真不料干枯的西北，乃有这样好的地方。我们一会儿迷了路，向村人探询，都是很和蔼地告诉我们，并且给我带一段路，其一种自然的真诚，实深印人脑际。再前行一程后，经一大河谷，不远即到山下。沿山坡又入一谷道中，两旁庙宇人家极多，一望而知为一名胜地方。但我们目的却不在此。刘君乘机采集植物，瑞蒙也去采他所要采集的东西，德日进和我入山去看地质。始知文殊山的造成并非古的岩层，而为第三纪堆积，且构造特别，为中国其他地方所未见，大半为砾岩杂泥沙，但未得有化石。留连许久，乃仍骑马回城，及到寓，已是下午六点了。

现在又要回叙到在此所遇的纠纷。法方因不许起身，不许通无线电，非常愤急。由卜安用法国外交部特派员名义，向马步芳去信，要求准其通行，并谓另取一新道，绕过安西，一切安全责任，由彼自负，不与地方当局相干等等，语近恫吓的地方很多。中国方面，由褚先生以团长名义给法使一电，历叙委曲求全经过，及求全皆不可能之苦衷。此电由古物保管委员会转，就外表看来，双方均很紧张地进行。而法方始终还不了解，所以马不允许走的原因，系由中国方面指使。

但到十九日，终入于短兵相接的境地了。中国方面闻听法方强行要走，恐马负不起责任，乃写一长信，词与致法使的电报略同，请于必要时以此搪塞法方。恰法方以命令式的信，向师部要求放行。师部乃谓只要中国团员无问题，本人绝不为难。因此当晚饭以后，卜君即请褚姚二君详谈一切。于是乃由双方将过去情形，尽量吐述一番。卜安极力承认以前行为之不当，并归罪于自己年幼，请为原谅。至中法合作，则必须贯彻到底。如中方团员不西去，彼亦只好留酒泉，等待西队。随后约就，再由中方团员会商，交换意见后，再定办法。

于是中国团员又开起会议讨论，大致不外或维持原议，等中央回电到来再说，或恢复合作，而附加以若干条件。我因个人兴趣重于考察，倾向于隐忍同行，前已表示过。此晚空气，不但褚姚二君态度软化，即极激烈之焦君，亦颇见和缓。刘君同郑君，当然不生异议。于是全场空气一致主张合作到底，而定了七个条件。最重要的是法方更换队长，由总机械师蒲吕代理。留裴筹在酒泉，不准继续同行。以后电信之来往，一律公开。并由姚君司专责，若至新疆不让某方入境时，两方均不入境等等。并订该条件时，由中方三人、法方三人签字以示郑重。

二十日早，褚君即以底稿示法方，听说法方对于更易队长及留裴筹在酒泉二事，认为绝不可能，其他各条件则可照办，并希望中方不必苛求过甚。及到午间，法方忽同意，队长可以更易，而裴筹因事实上关系必须同行。以后又由法方提出，如万一法方留裴筹时，焦君亦宜留此，意在作为交换条件。经再三商量的结果，中方允许裴筹可同去，惟限制其职权。此等不具体的限制，法方当然同意。于是所谓"酒泉条约"者，签了字了。中方签名为褚姚焦三君，法方则为卜安、蒲吕及德日进。凡上所述，都是实事，个人不愿在此表示意见。

我惟一的希望，就是继续照原定计划工作，新定条约可不成具文，而能早日返命，完成这一事罢了。至于个人，由此一回和上一回与美人合作所得的精神上的苦痛与日俱增。而其他不如意事，又十之八九，真敢宣誓，以后再不照这样与外人合作，而做人家的傀儡了。

计议既定，当然又是西行的打算，因之不如以前疑云疑雨的犹豫不定，所以精神上反觉痛快。不过所谓法方人物，还未说过，似乎可借此机会追述一下：

查法方本有两队，西队自巴黎来，其中人物不详，只知团长是哈德。自北平西行的为东队，由中法人员合组而成。法方之队长即卜安，海军少尉出身，年三十左右，为人颇精干，然未免意气用事，且时有孩子气。同卜安计划一切而又可代表全团全体的为裴筹，是卜安惟一的重要军师。据以后可靠调查，裴筹是一位冒牌法国人，他本是俄人，大约为避嫌疑的缘故，把语尾的"斯克"去掉。他英法文都说得很好，德文也懂一点，中国话说得也很不错，只是很下流。听说他曾在西北军做了多年事，不知怎么又和卜安混到一块，为人极暴躁，尤轻视中国人。凡中国人顶坏的毛病与坏心眼，他都学会。所以卜安用以对付中国人，十拿九稳。此次中法事件，他可以说是中国方面指出的一个罪魁。

其次就是总工程师蒲吕，对于他本行事当然是个能手，对人也很和气，英文说得很好，不过因往殖民地数次，也沾染了许多恶习气，瞧不起弱小民族。法国方面，研究科学的团员只有二人：一是德日进，和我共事已三年，为人和蔼可亲，对什么人都很好，他本人是醉心于科学；再则为自然科学家雷猛，年尚轻，新从学校毕业，天真烂漫，不过以后受别人传染，也带些坏毛病，实为可惜。此外技术人员如医生一，电机师一，无线电机师一，都是可好可坏，无足重轻的人。另外有一名叫加儿的，他的职务，不大知道，只见他忽而画各种住居的房样，忽而管厨房，忽而吹喇叭叫人吃饭，为人一天到晚口中不断地说废话，自清早一起床到晚上睡着，可以说嘴不休止。和这位先生对劲的还有一位，名叫毛理士，个子很矮，年岁已在五十以上，而一天到晚做鬼脸子，开不应开的玩笑。这两先生，都不大瞧得起中国人。

再次的就是开车的，计共有九人。而我比较可以辨别出详细性质的不过数人，大体上讲都很好，耐苦耐劳，而天真不多事，真是上好的工人。此等人对中国人的态度，完全以别人的态度为转移。其中有一位在饭车司机的，除开车外，兼总管厨房一切事宜，为人很能干。又有一位，听说是他们汽车公司老板的什么人，资格很高，据说不过借此实习，确否不知。

此团和中亚考察团及西北科学考察团相比，今年用的中国人很少。因无须采集，没有用此项技术人员，而开车的几全是法人，所用的几个中国人，全是十足的洋奴气，一个比一个坏。给裴筹襄办一切的那位，尤为趾高气扬，目中无人。听说办理一切东西，所得手续费，由他们二人平分。可靠与否，虽不可知，而他举足的重轻，也可见一斑了。那惟一的中国开车夫，为人倒很好，尤能耐苦。厨房共用了三个人，一位姓杨的，因为在途中说了一句吃不饱被革职，将由酒泉东返。其他二位月薪，自到酒泉后，六十元加到八十元。厨房工作，因设备完善，且每吃时，大半东西都是现成热的，所以工作十分简单，而他们还不能措置得宜，且时时向人发脾气。自以为吃洋人的饭，中国人无可如何，时时予我们以难堪。此等人既无知识，又只知逢迎外人，可笑又可怜，不禁为之一叹。

由张家口起身，引路的换了许多，有一始终未换且很得力的为一蒙古人，名叫宫布，是四里崩人。前曾为西北科学考察团工作，到过哈密，汉话说得很好，衣饰已有若干时代化。

就他所任职务讲，还算能干，为不可少之人物，对于西北旅程，也十分熟悉。

绕过安息前进

这一天还有一件事，值得在客中纪念一下的，就是在酒泉过端阳节。本来出发以来，旅途匆忙，什么都忘了，哪里还想得起这已废了的佳节。不过这天早起去洗澡的时候，街巷家家门口都挂有柳枝，才知是端阳节，又有油糕等食品点缀节气。大约因为此地没有艾叶，所以用柳叶代替。虽然是废节，而民间还是依然。在城乡间，尤觉有味，而客中逢节，尤令人不能无感。幸数十年来，做客已惯，一会儿也就不觉什么了。

洗澡的地方，是酒泉惟一的澡堂，只有池塘。前两天就通知掌柜的，请其于今早换清水，并设法不让他人先洗。但当我们到时，已有两位在那里洗了，通身疗疮，令人望而生畏。质问掌柜的，据说都是师部来的，无可如何。但既已到此，只好脱衣下去洗。池小而浅，尚算干净。水很热，或不至有什么传染病的危险。洗完后，即去吃早饭，算是最后在外另吃的饭，因和约既定，言归于好，已定规今晚再在一块儿吃饭了。

我的行装很简单，收拾行李，三分钟即可完毕。当地教育界及公安局等送来礼物多件，却之不可。他们曾对我们谈到甘肃近年情形，极为凄惨。省校长曾说："你们也跑到我们这人间地狱来了！"前年陇南等地事变，回汉民死难者不下三百万人，而内地人及外国人何曾感觉到，这真是人世最残酷的事。又提及现在南山乡下一带的还是以树谷糠为生。国家太平，茫然无望，人民苦痛，有加无已，再添有许多枝节事情，更为催命之符，前途真就不堪设想了！

我们二十一日早离了酒泉，因街道很窄狭，一点多钟的工夫，才绕过了北门，听说有四五十公里，路全为前由天仓来时的原道，所以也没有什么特别可记。不过郊外景物如画，居民相望，颇令人不胜依恋！四十公里以后，已入戈壁，仍到了沙漠中，尝那茫茫长途的风味了。傍晚过一地方，名字不详，这天共走了八十三公里，大致向北偏西。

二十二日早行数十里，过一地名叫沙枣园子，只有破穴数所，居民一家，并没有枣，不知何以有那名字。这里住所的样子很特别，就地掘穴作圆形，而可隔为数室，上围以矮

196

墙，盖以草泥即成。就其式样言，介于蒙古包与黄土洞之间，而用分室办法，比较为进化。居民是天仓人，在此做草料生意的。过此向西北行，午间到一地，名叫泉红泉，地在山中，有泉水，故名。但泉系以骆驼粪围作池，水虽清，而粪臭甚烈。下午穿二山岭，路甚难行，而风景甚佳。自酒泉出发以来，总算酒泉条约发生了一点效力，车行或止，由蒲吕定，且不时请示褚先生，褚先生也很高兴的，觉得自己有了一点实权。那位裴先生也安分了许多，不像以前的张狂。晚上立起无线电台，发出电报，也分散大家看了看，且经褚先生签名才拍发。不料这天夜里收到了一个很坏的消息，就是褚先生的父亲在籍病故。褚先生得此消息，悲痛异常，即我亦不胜悲凄，触动个人身世的遭遇。幸褚先生肯忍痛前行，仍愿完成此项使命。这天共走了九十二公里。

二十三日上午的路，虽已出山，而仍有小岭，还是很难走。方向仍向北行，由清早起身地方走了二十七里，到一有井的地方，名叫红柳疙瘩。此地有疙瘩而无红柳，亦不知因何得名。同来的一辆普通车专为送油，至此折回，由崔君开驶，给装筹开车的那个听差的也同行。我们只留了九辆车同行。薄暮的时候，遇见一群骆驼队，是向哈密去的，由包头出发，已走了四五个月了。自酒泉出发，附近数十里不计外，所经的真是渺无人烟的地方，比蒙古还要荒凉。戈壁上边，连草也没有，不足以养牲畜，所以除去过路人外无居民，真令人有"今夜不知何处宿，平沙万里无人烟"之感。这天只走了四十七公里，就在沙丘中过了一夜。

不知什么缘故，二十四日早起身不数里，便迷失了道。两个有轮子车，绕道探路前进，其余依大路走。但七个爬行车后行，不久不见那两车来，即停下等候，去一车去探听，还不见踪。后无法，只得全依那二车的车迹前进，正午始追上。然因此已耽误了好几十里路，这天只走了四十六公里，到一地名木头圈子住下。木头圈子有蒙古包五六个，算是自酒泉出发以来人多的地方。这里蒙古人对内地人十分诚恳，可以算是亲中一派。晚上立起无线电，因自北平起身以来，至今未得北平一点消息，焦急非常，酒泉以西，电报不通，恐也没有在新疆接到消息的希望。因于无可奈何中，曾打无线电一个与国桢，但不知她可不可以如期接到，又能不能立时回给我消息？我万里长途，所感苦闷的，就是没有平安消息，倘一二日内，能有好音，也可慰私心于万一了！

二十五日早收拾好以后，仍向北行。以北不远即为马宗山，为自酒泉以来惟一大山，山势奇伟，可以说西接天山，东与前过之 Kökö 山相连。行数十里，即到山根，蜿蜒而上，车行颇为费力。闻附近有土匪数人行劫，为附近居民所毙，尸体尚可见，但我并未亲眼看到。过山岭后，路大致一直向西，路北为大戈壁，有时且又入山中。途中遇破屋一处，已无居民。到下午天气虽未阴而很冷，约为十五度。所住地在一小山旁，可避风，尚觉好些，计此共走了七十九公里。

二十六日仍继续向西行，路又入走向东西之山岭中，时为丘陵，时为平地，颇不易行。上午过一地方名明水，在地图上为一大地方，是新疆、甘肃交界地，但在车上不大留神便过去了。午饭时在山岭最高一关上，过此即为大戈壁平面。下午阴云密布，颇有雨意，夕阳将落时，在沙漠中望见一大群骆驼队。就近探询，才知是中法考察团的骆驼队，于去年十二月由包头起身行，毫无消息，以为是失掉，或为土匪所抢，今忽在此遇见，真算出乎意料，大家都很高兴，决前行数里，等骆驼队来取些东西。第一号爬行车，在中途忽把所拖车丢下，开车的尚不知，径自开去。拖车前杠陷入地中很深，可数寸，也算是一个笑话。晚上因天气不好，支起帐篷，睡下不久，便下起大雨来。自北平起身以来，除在四里崩遇雪以外，并未见过真正的雨，所以今虽遇雨，心中反很清快。这天共计走了一百零六公里，打破多日以支起帐篷睡来未有的纪录，实在因为大部分路好走的缘故。

这日总算入了新疆省了，但并未经过正式关卡。因为新疆当局对中法科学考察团中方或法方态度两歧，因此大家全有各种猜想。如今已到了新疆地面，倘到了有正式官衙地方，不知对我们作何态度哩？据说要过的关卡名叫庙沟的，西北科学考察团入哈密曾经此地，距这里已不远了，明日即可到，数月来的哑谜，到明天始可揭开。

二十七日早起，天已晴，继续前进。途中仍为戈壁平原，极易行走，数十里后，经一被割蚀之洼地，与滂江极相似，确同时造成。红色堆积，触目皆是。白垩纪地层，亦十分发育。地质上算为有兴趣地方。前行不远，即到一地方名叫梧桐圈子，也并不见有什么梧桐，或者原来有此树，后来砍伐尽净了。

照原来的计划，下午即到庙沟。不料吃午饭时，他们在一块商量商量，恐庙沟驻军麻烦，不如直赴哈密，到那时即有事故，总比在小小庙沟易于接头解决。且据带路的说，以南不远，有路可走，因为他们带骆驼走时，为避捐税起见，尝干这等勾当。计议既定，于是实行偷过庙沟，时天微阴，且时有雨滴，三四点钟时，天空东部有虹两道，一端在北，一端在南，接住地面，造成完全的半圆，汽车自东向西，恰像从此伟大的虹彩圆中穿过。我笑着说："这大约是新疆欢迎我们的彩牌楼吧！"路仍在沙滩中走，但因崎岖，较不易行。到日入后，至一小河边，计一日仍走了一百零五公里，即就荒野住下。据带路的讲，地约在庙沟西南三四十里，那么偷过关卡已经成功了，可为一贺。听说由此至哈密至多不过一百余里路，明天必然可到。休息定后，在附近河中洗了一个澡，水清而不冷，沙漠中有此，不能不算一件痛快事。

到哈密之日

二十八日早起即收拾西行。地入平原，距山渐远，平面又为沙岩所盖，地质上没有什么兴会。时作假寐，行数十里后醒来，见有许多正在修筑的回民居室，完全是地下生活，掘穴甚深，上盖以草土，窗则留在顶中。惟内部布置，颇楚楚可观，内外通的甬道尤为精致，惜没有工夫详为研究。再前不远即遇见许多回民，男的戴那特别的小帽，上有绣花，大半青黑衣，脚蹬黑皮靴。女的穿红花袍子，多垂双辫而赤脚，颇有几分欧式。到这等地方，遇见此民族，一切都起了很大的变化。民族，语言，风俗，宗教……都不大一样了。就是和蒙古比，也完全不一样，蒙古民族的痕迹，到此可以说是很少了，不过汉人无论经商的或居住耕种的还不少。

再往前行不远，忽陷泥中，半天才得弄出来。一会儿已集了许多附近居民，汉、回都有，但回人最多。据几个汉人说，他们是在此做生意的，因前途有战事，不敢前进。又说以前不远，就有回回和官兵对峙，又说驻星星峡的新疆兵已全部开回，正在途中。有几个回人也是如此说。但究竟真相如何？人人言殊，也分别不出真假。我们当然还是前进。归纳起来，大约哈密附近有事都是真的了。因此遂不禁起了戒心。能不能为哈密官方容纳为另一问题，而眼前问题，却是如何可以安全地到哈密。

在这地方，即吃了些午点。围的人不少，都对我们有一种奇异的感想，我们自觉亦很特别。吃饭后即开车前行，不一会儿就到了黄芦冈。黄芦冈为一镇市，即在星星峡到哈密的大道上。为由星星峡的电线和由巴里坤（泌城）电线会合处。车将到黄芦冈时，两旁两排电杆迎来，令人有一种莫名其妙的感想，又遇到新时代的产物了！车未进街市前，市民闻声逃逸，胆大些的见车入街后，没有什么奇异动作，也渐渐走出来。有的告诉我们前边不远正在开仗，恐我们过不去。但已到此，进退均不好，两相比较，还是前进为佳。车中所有的枪，都实起弹，很有刀出鞘、弓上弦的风味。隐隐间也听见前边不远有枪声。此时我无武器，兀坐车中，前途为吉为凶，真不可知，事已至此，个人既不能自由，更无主意之可言。只有跟着前进，一切的一切，付之命运罢了！

车前行不远，忽又停住。原来有两个兵士见车来，吓得向草中藏匿。被发现后，始站起来。向他一问，才知是官兵大队前行，他们被丢。两位兵士所穿衣服，一位有军衣而无军裤，一位有军裤而无军衣，所拿的枪也不一样。据说并不是兵，是经商的商人，被军队抓来充兵。自言连枪都不会放，如何能当兵。听其口气，并非大队把他们丢下，乃是他们丢下大队图逃。他们说对打仗害怕，如今逃无处逃，有家难归，说到伤心处已哭出来了！我看到此，亦觉凄然。法方照相的还为他们照相，留作纪念！

一会儿向前行，车在沙丘草地中走，走得很慢，沿途见遗的脸盆、衣服很多，知快到前线。果然不到几步，大车难民，兵士遍地都有，稀稠不等。也看不出分布的阵势，只见有若干人还在那里指挥，不时也有枪声。有许多死兵躺在路旁，鲜血的红迹触目皆是。大车之外，还有许多骆驼，大约是行李。骆驼和大车上的骡子受伤的很多，或已死，或未死。许多难民，有的在车上，有的在道旁，大半都是妇女儿童，都在涕泣，状至凄惨！

此时我们车也再不能前进了，只得停下。许多兵士都来围看汽车，连仗也不打了，经打听之后，才知他们是星星峡退来的队伍，因东路不靖，奉长官命退哈密，不知怎么为附近的叛回知道，在附近一棵树地方埋伏下，于昨夜经此时，被缠回 [1] 轰击。官兵因不曾准备，很受损伤，双方战至今午，始将叛回击退。据说由于哈密城内来了队伍接应，并有大炮、机关枪等，所以结果尚好。说起我们汽车旅行来，他们在星星峡早奉有公事，都很知道，并不为难。最有意思的是考察团所派往星星峡送汽油的一位姓吴的，因事起仓促，乃将汽油埋于地下，入军充兵，随队亦到此，相见之后，他就脱了军衣，销了差事，加入我们这边来。

1　清代至民国中期称维吾尔族为"回回"、"缠回"，20世纪30年代，"缠回"之名称更改为"维吾尔"。——编注

此时战事已大致停止，不过不时还有枪声。西北远处沙丘上，有一部分正在对战。一会儿官军的最高军事长官团长也来了，同行的焦君暂同他计划一切，指挥防御。一般兵士见汽车来，忘记作战，群围着看汽车。作战久的兵士向汽车上要水喝，受伤的请医生救治，而我们的人大半忙于照相。法方借此时机，照了不少的电影，所有在我国调查来的外人所照相片影片，这次可算奇珍材料。

我在车中坐着看看，又下车来走走，无事可做，亦无计可施。触目见伤兵难民，心中起了一种莫可言状的悲痛。此等惨事，听得不少，而目击却还是第一次呢！一位受伤的兵在那里负伤痛哭，号叫不已，看那样子，真还不如死了好些。又见一位已被打死的回兵，躺在沟中，有人前来把头割下，又剖开胸膛，把心剜出来，携在手中，我真不忍正眼去看。听说军队上的规矩，打死敌人，必须取其心生吃，以为可以壮胆，又有人说用以祭阵亡士兵之用，不知何说为是。但无论如何，未免太不人道了，而且在回汉不睦之下，此等办法，尤足引起双方恶感，心中不觉凄楚。前望不远有丛树，听说就是一棵树地方。树中有火焰冲天而起，原来是火烧房子。一会儿哈密的队伍一队一队地都来了。此时似已无事，想即开车前进，不料有车忽坏，须稍修理。军队双方会合以后，即决进城，一队一队地向西进。但看军队前进不久，忽又停住，说是又来了大批叛回。随即听见枪声又起，显然战事又起了。接着轰然数声，就是官军放开花炮了，又有机关枪接着放了数下，但一般兵士却聚集一起，未见动作。我们车在后面等着，想到若官兵得胜，当无危险，或许可以进城。万一不支，真是前进无路，后退不能，结果将不堪设想。我生平亲临战场，实为第一次，虽然说此等战事，不是真正的战争，但既然开火，又在火线之中，死的机会总算很大。又想我来，并非作战，不过加入中法考察团像做客似地同来罢了，万一不测，也当和那被难的平民一样等于鸿毛，未免太不值了。由此不觉想到家世，想到父亲身后各事一点未办，家事仍是无法收拾，老母在堂，妻子亦无消息。耳听着炮声轰轰，眼望着弹烟弥漫，真令人欲哭不得，欲笑不能。人生到此，除见危思命外，真也没有第二个办法了。

不到一会儿枪声停了，据说叛回也逃散了，究竟方才枪声中死了多少人，详情如何，也不得而知，更无法追问。队伍又开步前进，大车和骆驼可以走的仍傍着队伍走，我们的汽车也夹在当中，卜安等坐的车和饭车先开行了。在队伍中看见绑了一个缠回，双耳已被割，股上穿了数洞，周身血迹，上身一丝未挂，据说是活捉到的叛回，身上且搜出有马仲英的公事，为马的副官。事若属实，则马西来与叛回联合，似可证实了，不过此等惨状，又引起我无限悲感。而那位先生，态度反甚安闲，步履如恒，似毫不以为意。

汽车夹在大队中行走，又兼沿途都是沙路，所以反不及大车快。好容易半点钟工夫才走到一棵树，村中烧的残烟犹存，村内杳无人迹，只有几个狗守着，却也不吠行人。村中白杨甚多，峙立黄沙中，此时日已下地平线，夕阳返照，灰色的军队、蔚绿的村水和青草、金黄色村庄的墙垣，另是一幅杂配的图画，引起人说不出的感想！

一棵树为哈密附近一大村庄，地很好，徐旭生先生西行时即过此，对此地的情形很多称述。不料不到几天，附近竟作战场，而一棵树一变而为杳无人烟的荒村了！

汽车在军队大车、骆驼之中前进，走得格外慢，道路仍在夹渠中，两边为高的沙梁和丛草，视线不能达十数步外，所以不免仍有戒心。一到了路较宽的地方，汽车究竟快些，可以向前开。最先开过那些载重的大车，车上大半是妇女和伤兵，伤兵的血痕令人不忍细看。有的在车上还在呻吟，有的简直像死了一样，或真已死了。骆驼队前为大车队，再前就是马步队，浩浩荡荡向哈密进行。此时路已出了沙地，到了戈壁平面。在戈壁沙漠上看到这些人，这些兵士，还算第一回。不一会儿所有军队都在我们后边了，再前进就遇到了耕地村庄，虽然时已薄暮，看不出详细来，但田园树木的美景和村庄庙宇等建筑，和内地也差不多，可惜居民都逃走了。听说坏的入山为匪，好的进城避难，因之美丽的田园，竟处处表现出离乱的样子。

在汽车灯光下过了好几道看去似乎不大坚固的桥梁，幸均无事。到九点多钟，才到了哈密城外。西北郊外空地遇见了先来的那两辆车，据说卜安已进城与当地长官接洽，并买了许多蔬菜。当地长官即请入城，但卜安意思要住在城外，那么我们今夜就要住在这里了。至于究竟何以不进城，却也莫知其所以然。晚饭后，又在旷野中睡觉，但回想今天一天的遭遇，却也真有些可惊可叹，实为生平不常遇的一天。这时皓月当空，残星可数，城上军队号声，更鼓声和近处远处犬吠声不时送来，哪里睡得着。约有两点钟工夫，有些行人经过，犬声更烈，大概就是军队到了。明知到此已脱险地，叛回所在地点在山中，距此尚有四五十里，也不会即刻就来，所以却也安心。但是此时心中所感觉不安的，不是自己的安全问题，却是种种乱七八糟的感想。想来想去，也想不出所以然来，只是心中觉得空寂……一会儿也就恍惚地睡去了。

这天共走了八十八公里。

计从酒泉起身，共走了八天到哈密，所经路，不是安西、星星峡的大道，而是较北一个骆驼道。以西庙沟一带一段，西北科学考察团徐旭生先生一行走过，以东一段则没有走，因为他是直从额济纳河下游来的。计由酒泉到哈密，共经路程六百四十七公里。

恐怖的哈密

第二日一早醒来，看见哈密城就在附近，不过一二里路，我们住的地方，就在大路上，也有电杆。但大路两边，都是坟墓，东边、北边都是高山，为云雾所盖，看不见山岭。附近居民来参观汽车的已不少。不到一会儿，由城里来了一个汽车，内坐哈密县县长徐君和省里一委员袁君，系奉师长命来欢迎我们的。开车的为一德国人，到新疆不过数月，谈数语之后，褚、姚、焦及卜安等即进城，随之见当地最高长官朱师长，我们则留在这里。来向法方接洽的人，由卜安负责招待，中方的人由团长负责，所以我反甚安闲，就是有些事情莫名其妙，好在不在其位，不谋其政，且乐得不闻不问。

午间与几个本地人闲谈，才知哈密汉回事件，发生已数月，大原因由分设县治遭缠回反对而起。此办法非常正当，无如缠回不悟，又兼官方应付稍差，以致激成事变。据说叛回数目不详，大约有千余人处于山谷中，但枪支并不多，惟他们因时常打猎，所以枪无虚发。自事变发生以来，招抚数次均无效。打了几仗，官方均不利。因之官兵多胆怯，而叛回势愈凶，除在东山某地为大本营外，以西至了墩以东，均有其迹，北山中亦有。哈密往东向西，电信均不通，在孤立无后援中。总而言之，汉回问题自来不是一个小问题，倘能处处主持得宜，自不难将此问题消灭。万一不当，星星之火可以燎原，前途就不堪设想。且说我们目前的问题，亟待解决的就是如何可以西进，东返绝不能，留在哈密尤无意义，只有前进为宜，路虽不通，也只有想方法。午间进城的诸公回来说，接洽甚为圆满，当局派四汽车和数十兵士同往，当不难通过。惟希望先进省城，以后再西行，此层也不难变通。决定三十日早起身，看来很可乐观。下午他们又都进城应饭局，我本想也进城游玩一回，但不知为什么鼓不起兴会，所以就孤守在汽车旁。

下午三四点钟的时候，北山上的黑云愈集愈厚，渐渐向南推展，不到一刻钟，已把半面天遮住了，电光杂着雷声和风声，知道一场暴风雨就在我们的眼前。我设法去支帐篷，而只有郑君和我二人，我们的车因要修理，行李完全在外边放着。如果下起雨来，一切都要淋湿。为保全行李不湿起见，决计把行李移至拖车上，再草草地把帐篷支起，无如此时蚕豆大的雨点已往下降了，一会儿更兼风力太大，好容易费些力气才能把帐篷勉强扶起，而不能支起。此时大雨倾盆，尤其向风的北面最烈，雨中杂以雹粒，打在帐篷上叮当叮当地响。看外边地上，已水深数寸，遍地横流。行李底下，也有些浸湿了。好容易过了一刻钟工夫，雨才小点，不久便停止了，沙土上边的水，一会儿也就渗得干干净净。

这一场大雨下后，天气格外清爽，空气分外新鲜。最令人叫绝的是那被盖在云雾中的北山、南山完全着雪白的草帽，比在酒泉看南山还佳。一因距离较近，二因正在雨后，特别清白。最特别而有兴趣的为东山，上面很平，割蚀不烈，好像刀切了几块豆腐，放在山上似的。底下的地层去向，也隐隐可以看得出来，惜我们无缘前去一游。然此等阿尔卑斯式的山，在哈密附近，的确为哈密生色不少。听说叛回的根据地，就在东山下一大谷中，看到这里，乃又回想近日所见和哈密一切情形，不禁令人感慨不已。

晚上打听由城里回来的消息，却说明天下午始可走，究竟为什么，也不得而知。下午为国桢写一信，托友人带进城内投邮，据说向东、向西俱不通，不收信，只得又收回。

就近数日来种种情形看，事事仍都在法方，由卜安出头，裴筹也很要露出，中方不但未加干涉，反似承认。其他酒泉条约中比较重要的无线电、照明等，只实行了一次，即成具文。如今连第一条也推翻了，可见酒泉所订的东西已不值一文钱啦。当初为什么要订约，后来又为什么不守而背约，此中情节及原因，我虽为团员之一，如要问我详情，我简直一点也说不出来！只得以莫名其妙答之罢了！我个人早已承认是一件行李，惟求平安可以回到北平，别的也无法去问，处此境地，当奈之何哩！

这天晚上仍住在原地方，据说城内长官因恐住在城外有危险，今夜决请进城，昨夜已替我们担心不少了。但卜安坚持不可，并又用在酒泉用的那一套法宝来搪塞："如有危险，由本外交部特派员负责，不与地方长官相干。"就种种方面看来，这天晚上住在城外的危险性比昨晚要大些，有人主张中国人单独入城，我颇不以为然，于是仍就原地住下。当地长官为保护起见，派来几个兵，据说就是明天同我们一块走的兵，不过壮壮胆子，如真有事，也是无用。

新雨之后，极清凉，而正在圆圆明月时候，尤为可爱。不料在这样的风景下，因为此地时局关系，总也不能安心睡，尤不敢脱了衣服睡。晚上犬吠较烈，即为惊起，但又寂然无事，其实是心理作用。一夜易过，起来已是三十日，吃早点之后，听说今早又不能起身，必下午三点才出发，城内有车来接，我就趁机进城去一看，前行不远，即入西关，有一道围墙围着，城门很宽大。进城后，即直赴师部。沿街兵士多极了，师部门口，完全旧式，十分庄严。进去后，由朱师长招待，朱为一文人，在新已四十多年，可算一员老将，为人和蔼，穿的长夹袍。寒暄之后，卜安等即接洽起身等事。据说有一辆车坏了，在此等后边来的骆驼队，可用带的材料修理，因之裴筹决留此办理一切，请朱照料。谈完之后，卜、裴即辞去，而中国团员则留署谈话。谈笑不久，忽有人报到城外有叛回前来，据说有一百多马队，自西向东进，并说为防万一计，城门已封闭了。当时即觉形势严重了许多，姚君特为上城去看，也说亲眼看见了，并说向汽车停的地方方向走，令人不禁为他们捏一把汗。而我们的行李尚完全没有收拾，如今关在城内，也有些令人着急。朱师长公务忙迫，让我们到他的后花园去坐。后花园地方很大，就在城墙底下，城上防守的兵士，十个一堆，一堆一堆很清楚地可以看见。园中杂植白杨、垂柳及许多草花，虽不十分精致，而自成风趣。大家在那里闲谈，好像把军事忘了，不久朱师长和褚先生商量事情，好似和调解此次事变有关。但闻自发生事变以来，官绅已调解数次无效，褚先生虽为中央大员，但实力上是否可以做到，实不敢定。况且内容究竟，尚待调查，如办起来，恐非三数日内所能解决，那就不能即日西行了。

不知谈天的话锋怎么又讲到是否西行的问题，和在酒泉的说法差不多，有人主张留在哈密，让法人单独前去，有人主张共同行止。议论分歧，真令人不解。商议的结果，只有姚君和我仍主张西行。倘若实行起来，又要东西背道而驰了。但我对此等议决，已不如从前之重视。酒泉往事，便是前鉴。这时最要紧的问题，不是留或返，乃是赶快到汽车的停留地。据城上人讲，汽车有开动的模样，又不知真情如何，方才所说的那一二百回人来至城下有何动作，向何方去了，谁也不知道，也没有人去打听，可算是一件奇事。就表面看来，似已不大要紧，遂决出城，但不准有车出城，只好步行。县长为保护起见，商朱师长派了二十多个兵随行保护，于是我们才离了师部，步行回汽车所驻的地方。

出了师部，沿街人对我们照例十分注意，兵士走在我们的前面。此时出城心切，街上种种，都无心赏玩。城门内兵士尤多，城已封闭，门洞内并堆了许多沙袋，以备必要时之需。门开之后，城外要进城的人蜂拥先入，我们稍候才得出去，出城便是一关，也还有些兵，但不如城门内那样多。转了两个弯子，到了关口门，门也是闭着。未开之先，带兵的长官下令，叫兵们均装上子弹，以备万一。出关后，经一段破房屋，便是旷郊，这正是最危险的地方。看那些兵士面孔，大半都是很畏惧的，长官持刀在手，也显出很严重的样子，他们把队伍散开，有的到前面去探，我们六人也分开前走。究竟附近有没有叛回，我们当然不得而知。为防万一计，所以才有此等做作。当时沿途严重的样子，好像生命就在旦夕，令人现在回忆起来，还不禁悚然。其紧张的程度，实不亚于在一棵树时看开花炮。但当时却也处之泰然，只有一步步地走着。

不料到较高处一望，汽车已不见了，分明是开往别的地方去。才前进数步，始见两辆汽车停在距前驻地不远的一树园子门口，知他们移来此地以图安全，才觉放心。又见卜安及加儿骑在马上，做巡视状，大约是见我们带的那几十个兵散开作战的样子，探视探视！我们到后，见园内树木繁茂，草花杂生，不料他们竟找到如此好的地方。乃令兵士回去，此时我们尚未吃午饭，得到此，拿些饼，和以糖果，聊以充饥。

到后，和法方商量，据说今日不走，定明日一早西行。谈到兵士同行问题，卜安以为最好不派一兵，亦不必派汽车，只我们单独前进，万一要派时，可先行三四十里。察其语气，是为保持中立。以为万一遇见回兵时，可以和平解决。若有官兵跟随，则难免不生误会。此等办法，细想亦有道理。至此我才明白何以他们不主张进城去住的原因。当时大家对此办法，亦无异议，那么就静候明日来到，整队西行了。

这时天气尚早，乃出园的后门一看。后门外有水一渠，极目尽是田亩，可畅心神。与附近人一谈之后，说早间曾来若干缠回，因城内开火轰击退去。我才想起早间的枪声，实是有因，不是误听。又说午间来的一二百人，并未远去，即在附近四五里停着。有一拉骆驼的，被拉去又逃回了……这样看来，这一夜也要担相当的心才好，不过此处四围都有墙垣，总比前两夜无遮护的好些，所以反觉得放心。晚间此园之少主人来，才知园主姓吴，原籍大荔，移此已三代。吴充商会会长，对于调解此次事件，曾出了多少力而无效。看其少主人口气，似有请我们的中央委员出来调解的意思，但事实上办不到，只有敬谢歉仄而已。夜间城里又来了兵，除分布四边外，又在大门外掘战壕，但也是平安无事地过了一夜。不过在此等情景下，不能十分安然睡觉，像在世外桃源的戈壁上那般！

冒险前进

七月一日早，收拾一切，虽说三点钟就起来，而七点钟才动身。动身前园主吴君差人送来一羊未收，约等回来再领。有一位团长要求同行，但系化装。车过西关，看的人有万人空巷之慨，因道窄狭，且转弯太多，所以走得很慢。临出街时，在路旁看到一缠回死尸，头已被打得血肉模糊，不辨口鼻，外人于是又得了照相的材料，而我又添了悲伤的感触！过此街尚为民田，不久即成未开的荒地。连日在近郊中过恐怖的生活，今得启行，又到旷野，不禁心神为之一爽。不过前路茫茫，为吉为凶，实不敢定！走了已有一二十里路，忽后有一兵骑马驰来，原来是拿着朱师长给禇先生的一封信，说哈密军事紧急，瞬息万变，前云派汽车及兵同行，不克实行，为慎重计，请大家一同回去，从长计议。这自然是朱师长脱干系的一种说法，但兵士之不偕行，正中了法人的下怀，哪有我们再返回去的道理？即中方也以前进为然，即由禇先生回一信，说明一切。

这天车上有一件可以值得记的事，就是所有八辆车都挂的是法国旗。前次在一棵树遇事前，法方促将中国旗卷了，专挂法旗，意思是如此可以免去危险。及到一棵树遇中国兵，又把中国旗拿出来。今由哈密西行，要经过一段缠回区，于是中国旗又被卷起来。不过据我看来，这一般民众，是否见过红白蓝三条布，是否知道是法国国旗而不敢乱惹，实为一大疑问。我看外国人在中国旅行，完全以中国人怕洋人的心理为得力的护身符，官厅的护照固然等于废纸，就靠民众辨别旗色，不加妨害，也是靠不住的。现在我们且要借此等心理，去过这一道难关，想起来不禁戚然。

沿途经过几个大村庄，头铺、二铺、三铺，规模很大，都有店家，但所见大都是残留的几个汉人，缠回很少。到处现出十分荒凉的景象，和在哈密以东所见的差不多，这分明是受了战争的影响。途中见了几次或三五个或十几个缠回，大约十九是叛变的，不过对我们都没有什么举动，或者真是法国旗的力量。三铺村外，有白骨塔，据说是清末西征将土埋骨的地方。当年西征，平定回疆，总算清末一件盛事。如今山河如旧，而回汉又起争端，不知这塔内白骨有知，作何感想。

再西行过了几个地方，都比较小，据说前边不远，三道岭子与了墩之间为最危险的区域。果然快到三道岭子时，即见路旁电线，或有杆而无线，或有的连杆子也毁坏了。到三道岭子为时尚早，看村中阒无人迹，大家都跑下车去看。中国人为避万一计，未下车，只枯坐车中。此时德日进在附近找了许多石器，我于是又很后悔胆子太小了。前行数十里，到一地方名叫梯子泉，天已黑，不能前进，只得在此住下，今天已走了不少，共计一百零三公里。听说前距了墩不过数十里路，因之不免大有戒心。梯子泉尽是破垣，而居民只有一家。听说因此地闹鬼，所以人都走了。徐旭生先生游记中已说过，可见不只是受了此次战乱的影响。停下不久，见了两个人，就是在这里住的。说是一两天前有八九十马队叛回，由此向东去了。又说不让行旅西行，怕的是传递消息到省城去，有一行人因强西行遇害云云。这样看来，今天晚上这一夜，也是很严重的。

吃晚饭之时，曾说似乎今夜应该有人守夜才好，以备有事。但法国人方面对此似毫不在意，好像有把握似的。我不解他们在天仓何以兢兢地守夜，而在此却反处之泰然。或者以为有一副洋面孔，即可作护身符了。中国人方面当然格外兢兢，但看大家神气，似又不肯向外人示弱。其结果只有采你肯拼命我也拼命的主意。自己虽并有种种责任未尽，事业未办，万一不测，实觉不值。但人家的责任不见得比我还小，至许多人的命，至少比我的更为贵重。大家既不在乎，我还何必在乎，此时可以自解而安慰的，只有如此！起初原说不必打开行李，就在车上草草睡一夜，万一有事，起来也方便些。但一会儿不但洋人把床都支起来了，中国人也都一齐支起。吃完饭以后，即和衣睡下。此时一轮已开始残缺的月亮从天际涌起，远观茫茫的戈壁旷野，近看几枝白杨和残废的墙垣。旷阔之中，尤添凄凉的景象。

睡在床上许久，终是不能入睡，好容易有了一点蒙眬的意思，忽然听见喊道："起来！起来！那不是缠头骑的马来了吗！"原来是姚君惊呼的声音。听说他亲眼看见有三个人骑着马自西来，绕在我们住的西南，相距不过数十步。当时狗狂叫得很厉害，他们就避到废墙的后边去了。这时那李君也起来，说也看见，于是他就告知卜安，卜安很镇静，只请李再前去打听，告以我们是过路人，并非军队。李去后，卜安又睡下。李去后半晌才回来，据说走近缠回时，对他做放射欲击状，李急伏至地始得免，亦未多言。此时褚、焦、刘、姚君早已起来，却谁也没有主意，也不肯向法人商议办法。一会儿转坐车中，或仍卧床上。法方一车夫起来时，又为卜安呵止，看来是绝对取一种不闻不问主意。但是狗叫声，一会儿厉害似一会儿，不时又作怪声，不但我不能睡着，连卜安也起来了。看了好几回，但终不能与对方接头，只有静待。一会儿好像寂静些，他们似已去了，但一会儿狗又狂叫起来，仿佛是告惊。以理猜度，或者缠回想前来探查数次，但终因一方有狗，一方觉着我们未全睡觉，所以未敢近前。最后又在远远地方听一枪声，似在所住的北方。我这样躺在床上，看那皎洁的月亮走得格外慢，急切到不了天明。狗声叫得紧时，也只有蒙被而卧的一个方法。因照卜安说万一来时，中国人可静坐车中或床上，不必露面，他好与他们商量。所以除无计可施外，还是无计可施，只有双目炯炯地躺在床上，因此念及关心我的家人和朋友，此时正当在酣睡，何曾想到万里外的我是这个样子呢！

好容易一夜未睡地挨到天亮，心里想道："哎呀！总算又活到七月二日了！"早点而后，即行起身。路上所见电线几无一处不坏，电杆也十个有九个都倒了，比之一棵树附近所见有过无不及，知已到变乱中心。果然前行一二十里，即见远处有二三十骑缠回横着大道，可惜我所坐的车子在中间，不知头一辆车最初和他们如何接头。我所见的，只是看到有一匹马跑到车旁，后又随车到他们跟前。据说这一匹马，是先来报告说可以许我们过去，因他们已接得有"公事"。大家停住之后，还有许多人和他们照相，又给他们照活动电影。他们的服装都是黑色，又有皮靴，和别的缠回差不多。挂枪而外，还携有架子，据说是为瞄准用的。照相完后，第一车即先行，其他车跟着走。他们还在旁边一一颔首致敬，这一关又算平平安安地过去了！现在想起来，所以可通过的原因，并不是靠那外国旗，还是靠他们这些碧眼黄发的面孔，思至此，不觉惭愧，然而又有什么办法呢！

遇了他们而后，前行不远，就到了了墩。群树杂生，围着清水一池，倒也是沙漠中一块胜地。不过也是一个人都没

222

上：天山峡谷（由七角井子至鄯善途中）

中：胜金口居民

下：鄯善附近之沙丘

上：吐鲁番农林会

下：迪化鉴湖

224

有见，收税的卡子，更是房在人空，其余都是些破屋子，说不尽的荒凉景象。在附近途中看到几顶军帽、几件军衣，大约就是前几天此地打仗的遗痕。过了了墩以后，因高山较近，戈壁的大冲积层与其下的红土，被割蚀得非常厉害，成了许多小沟小岭。我们的路正要穿过这些沟岭，一上一下，十二分地不好走。再进便进了天山，一小地方名叫一碗泉，就在群山中。从一碗泉到下一站即车轱辘泉，仍在山谷中。不过一过车轱辘泉，道路即急转直下，颇容易走。下行至一盆地，地皮太软，车行即感困难，这盆地的当中，即为七角井子，为向吐鲁番和古城分路处，算是一交通要地，不但有县佐和邮局，且有电报局。

七角井子街上，充满了兵士。一打听，才知是省城派赴哈密的队伍，共有三连，精神都很好。汽车在此装了些水，听说由县佐向省上去了一电报，说明我们的行踪。诸事办完以后，即开至距镇市数里的地方住下，计这天走了九十三公里。停下之后，遇见修理电杆的技师，据说由西路沿途修来，每天只修二三十里路，若真无特别事变，或者不久就可修竣。晚上竖起无线电来，不知又发收了些什么消息。我上月二十四日所发之电，至今未收到回电，或者在公使馆即被认为不重要扣留了？此次出门已近两月，未接何消息，为历来所未有，真苦闷不堪！

七月三日，沿看有电杆的路前进，因往古城的路无电线。初行路尚平，继渐出山，前行不远就是东盐池。有一车忽生毛病，等了有两点钟未修理好，但却借此机会看看附近地质。大道恰在一大背斜层中走，颇为清白。前进道即入深山中，过一小村名叫胡井子。由胡井子至西盐池，道大半在狭谷中，两边壁立，仅可通行一车。仰视天空只有一带之隙，前望或后顾，皆系羊肠曲折谷道，重山叠嶂，风景佳绝。西盐池有一大店，店中有井，水甜可饮，乃在此稍停取水。过西盐池前进，仍在万山中，数十里后出山，路全向下行，又大半在戈壁平原上。自早起走了九十八公里，即过了土墩子以后快到七克达木的一小地方住下。附近有渠，在闷热中可在渠中洗澡，全身顿觉清凉。自过西盆地出山以后，地势急转直下，宜乎愈走愈热。照路线要低下到海面数百尺底下的吐鲁番地方，夏季酷热，在世界著名。现在虽距吐鲁番尚远，而风吹到身上已热乎乎的，穿上单衣单裤还是汗流浃背。若回想到前几天在戈壁上凉风习习的天气，直不啻有冬夏之分。

到了七月四日早行，路上遇见许多驴子，都是向七角井子运粮草的。新疆地旷人稀，繁华地方全在沙漠的沃地中，彼此相距常数百里，若行起军来，连马吃的草也要远自数百里运去，其他的困难，也可想见。前行不远，即见许多村庄，即为七克达木。虽有汉人，而大半所见的都是回民。男的除戴各色的花小帽外，穿的白衫子长与膝齐，颇有些与外国医生穿的大褂相似，脚穿皮袜子，和与袜同色的靴子。因在夏季，也有不少赤脚的。女的颈垂双辫子，大半穿的红花长袍，只有极少数穿青蓝的或黑的花布袍子，大半赤着脚，有穿鞋的，和男的差不多。听说已出嫁的女子都是双辫子，左右分垂；未出嫁的，则为数在两个以上。起初因我看见许多很年轻的也是双辫，不大相信。后来一打听，才知回民结婚很早，十二三的姑娘，已出嫁的很不少，顶上也戴着小帽，不过和男的微有不同，有的还附有穗子。但就大体上看来，男女装束全很简单，而整齐，如同穿着制服一样，在回民多的地方，几疑已在阿拉伯、土耳其等地了。

由七克达木向前走，愈走人家渐稠，村堡相连，因地皮多黄土，又有河水灌溉，于是成了沃地。白杨、水渠、麦垄遍地、田舍三五，杂横于万绿中，真令人赏玩不尽。最令人起相反比较观念的，就是这肥沃的耕地在南边，恰衬着广大的沙山，沙浪起伏，一望不尽。这一边是干枯的沙漠，那一边是肥沃的土地，两种绝相反的景致，可表现于一幅画中。天地间此等奇景，真不多见，哪能不令人神往呢！

此地已距鄯善县城不远，因路走错，所以未进北门，而进的是西门。鄯善为一繁盛县份，街市很繁盛，汉人也不少，大半是经商的。街市铺面全很整齐，铺子门前的红纸对联和汉人住户门前的对联，立刻令人感觉到汉人文化已深入此地，不能和蒙古相比。进西门即为县公署，据说公署已于数月前预备下地方招待我们。车即开入县衙，中法全体人员即到所预备的上房休息。县长马晋君招待甚周到，并备午饭，是中饭西吃，布置十分周到。此时烈日当空，酷热异常，为自出发以来所未有。一水壶挂在车旁，原盛的是冷水，此时倒出来，水可烫手，至少有七八十度，热力可以想见。因此在鄯善只留停了五小时之久，但未到街上去游览，不能不算一小小遗憾。到下午六点钟，天较凉，因恐白天走向吐鲁番热不可耐，乃决计夜行，遂即起程。夜行最不受欢迎，因不能看沿途地质，但亦无法，只有听之而已！

炎热天气到"火州"

　　出县署过钟楼，折向南即出南门，南门外有一大河，自西流来，西望河流曲折，来自天山；两岸绿林丛茂。向东南看，即见沙漠山丘横前，又是幅绝妙图画。过河上小黄土高原，两旁俱为灌溉肥地。再前人家渐少，但河由南门南折穿成一大河谷，两岸山的露头极好。除鄯善附近之黄土外，此地至少有两个已受变动而成倾斜之建造，一为深红色含石膏层及红沙层，倾斜面较大，其上有另一建造不整合的地层，为灰色沙土有结核，倾斜面较小。此二者均当为第三纪下部地层，惜匆匆中，未能找得化石，以确定其年代。但鄯善附近各地层于第三纪、第四纪层序上最饶兴趣，可为断言。如此二地层均有化石，将来详细研究，实为必要之中心。车行不远，路线折向西南，道穿此红色地层，地层成一小背斜状构造。自此即逐渐下降，要到那海面下的吐鲁番去。时日已在水平线下，但天际云彩尚红，一块紫，一块黄，使我们对夕阳还有所留恋。惟太阳虽已落，而温度还是很高，热风吹来，闷人欲死，未到吐鲁番已尝其味道，如此所以对于吐鲁番真有谈虎色变之慨。所惟一的希望，就是赶明日上午到那里，不必久停，即再前行。听说过吐鲁番不远，路又上升，一到真戈壁，即较凉爽了。

　　一夜似睡非睡地坐在车上。一会儿车停了，乃是遇见沙子，一会车又到平路上，走得很快，但统统都是向下。自鄯善近郊起，一直走了一夜，可以说下了一个大坡，足有一百多里长，而坡还未下完，这不能不说是世界上一个大坡了。天明以后，向以北行，十分平坦，而平坦又慢慢向下，愈北愈低，南边不远，就是一低山岭，其岩石和鄯善以北的红色建造相等。此夜的路，即沿此西下，天山之有此前岭，与南山之有文殊山前岭不谋而合。推而言之，凡大山前，差不多均有此，如喜马拉雅南的西瓦里克，亦是一理。

　　约五点多，到了胜金口，为一河谷，自上述之小山岭中割穿而出，因路在山岭中略偏北，所以连木沁、苏巴什、胜金等村均未过，至此又与大道相接。胜金口亦有数十家居民，都是缠回，也有经商的汉人。我们到后，围观的人很多。在此地略事观察地质，红色建筑的走向倾斜，一如前丝毫未变，而河谷两旁上新统后之三门及黄土时期之古河床，均清白可见。在此地吃早饭，但所用饭总不可口，而天又热，食欲不佳，因而只勉强吃了几口。计自四日早起身，走了四十八公里到

230

鄯善，一百一十六公里到胜金口，计昨夜尽一夜之力，共走了六十八公里。

七点多从胜金口起身，不但景物未变，南边小山岭，北边是低地，而我们还依然地向下走。这伟大的坡，还没有下完，看高度表不过海面上三四十公尺，那么再前即至海平面下，由高的蒙古高原递降至此，真令人不堪回首，有下海之感。

前行二三十公里，渐见黄土，与鄯善的黄土完全一样。离吐鲁番不远，果见土筑房舍连连续续，已到近郊。在近郊看到许多回民坟墓，坟墓上边修建很整齐，并非如汉人坟墓之圆形土堆，而为整齐的长方形，上且以泥土做成圆尖状，或其他形状。颇有些特别大的坟墓地，尚有大的如明堂一类的圆形建筑，惜我去此道太远，不能详细调查。但回人注重坟墓，与汉人之注重坟墓同，这是毫无疑义。不如蒙古人若死后，皆弃之沟中。不久车即进吐鲁番，旧城亦名汉城，穿城出西门到农林会，亦名农林试验场，房舍旷大，兼有树木，门前又有水一渠。吐鲁番县长接省电，知我们将来到，乃以此地为招待所，门前并结彩张灯，表示欢迎，计由胜金口到此，共三十公里。到吐鲁番时，正是十二点多钟，天气晴朗，当然很热。但未到此以前，对于此地的热非常害怕，及到此后，也可以耐受，却也实在因为非耐受不可而只有耐受罢了。

到此本当即前行，或照原定计划七爬车当向西进，一车进省接洽。但到此稍休息之后，知问题尚不如此简单。据县长言省有电来停止工作，如此则非一二日内所能起身，而这炎炎的火州（吐鲁番古名火州），不能不暂作休息的地方了。

吐鲁番照我们汽车所走的路，东距哈密共四百四十一公里，除鄯善至胜金口小段外，和徐旭生经过的路线完全一样。吐鲁番为天山南麓一要地，比之鄯善还要繁盛，地在一大盆地中间，在海平面下。盆地最低地方，还在此地面南部，因而天气夏季特热，冬季亦比新疆及其他地方温和些。居民大半为缠回，有二城，一汉城内钟楼东为县署，西为前军事衙门，现驻有军队。城内亦有商家，但远不如以西二三里之回城的繁盛。县长裘大亨君，浙江人，精明能干，为内地县长中百不得一之人。军事方面，最高长官为工兵营长绳君，陕西凤翔人，忠厚可敬。此日下午完全在寓所休息，屋内最高温度有四十五度，所以大有不能支持之势。夜间虽然比较凉，而也还有四十度左右，况又不时有热风，热风吹到身上，比站在烈日下的热，又是一种难受。听说这还算此地不最热的天气，我只希望早日离此，不要在此过那更热的天气。

六日还是一样的热，褚、姚诸君入城与县长有所接洽，以后姚焦二君和我往回城游览一次，除多数为中国商务外，缠回亦多，商店大的也不少，都收拾得还整齐，不照内地的脏污碍目。在此用钱，须用本省票子，计一元可合三两八九乃至四两龙票。银元亦可用，但并不受官民欢迎，有时折合起来，反要吃些亏。

下午县长请中法全体吃饭，即在农林会内，又有营长等作陪，在这等地方，居然完全西式，实令人惊异。照当日商议结果，虽省上有电来，请全体赴省，但卜安等商议结果，决一车进省，其他在此暂候。进省的车，除卜安一开车的及随从一人外，中国方面褚姚焦三君均偕行。我们留在火州的人，但望早日接洽有完满结果，离开此地，不再尝受酷热的苦就得了。

七日早，绳营长请进城一叙，初到一大药铺中，铺主张姓，也是陕西人，在此已数十年了，不过回去过几回，谈到故乡离乱情形，实在觉得还是在外糊口比较好些。铺面完全和内地陕甘一带式样，但规模极宏大。掌柜的所住的屋子四围无窗，只有一天窗，较凉爽些，这样只有天窗的房子，和蒙古包不免有些相像，或许与之有若干关系，也未可知。不久又来了许多人，汉回皆有，大半为本地主要绅商。绳君虽一一介绍后，竟记不起一个姓名来。午后与绳君赴其衙内午饭，地方颇大，内有兵数百人。绳君给我吃一顿陕西的臊子面，为数月来尝不到的乡味，惜天热面热，不能多吃。回寓时过西街，见有学校、教育会，又见电报局，门上且贴有局长上任的报条，完全和内地前三十年一样。昨在回城，见县长任乡约，亦有喜报遍贴于乡约的门口，可见此办法在新疆还是很通行的。

火坑中的烦闷

未到吐鲁番以前，本定在吐鲁番不久停，至多一日。褚民谊和卜安都作如此想，但天下事竟有许多为人意料不到的。到吐鲁番不久，即接到迪化来电，说是奉中央命令停止工作，并请一律进省，从长计议。当时褚、卜等都未料到会有特别的恶化，所以仍都希望可以得迪化当局的谅解而前进，便是六日下午褚、卜、姚、焦等驶一车北行，也只是去亲身疏通性质，料不到有若何的恶化。但实不料在炎热的吐鲁番，我们只是失望地等着，而且不断地有烦闷消息，使我既不能工作，又异常地抑郁！

八日等了一天，九日等了一天，十日又等了一天，还不见有省上的任何消息。每日住在寓所以内，如果要到较远的地方去看地质，既不可能，而近处又没有什么地方可去。天气又是特别的热，身上几乎什么都不穿而竟自汗流浃背，避热的法子，只是饮冰镇过的凉水，或是不时到坎渠中洗澡。因为此地水料的供给，全借天山的雪水，回人乃筑成许多渠，有一道渠就在我们住所的旁边，所以洗澡十分方便。此外并可尽量地吃甜瓜和西瓜，吃饭的时候，已把热汤取消，或改喝温汤。总之凡可以止热生凉的方法，无不用尽，而依然是汗珠满额，手不释扇。并且因为吃瓜果太多的缘故，把许多人都吃病，大半是吐泻和痢疾。起初我还很健壮，但一两天之后，也有了痢疾了。

炎日当空，无可消遣，法人多以唱留声机为惟一遣闷方法。在此能听许多唱片和跳舞音乐，未始非一快事。有的三五成桌打扑克，我则看所带来的《春明外史》[1]，此书述前多年北平社会及官场情形，惟妙惟肖，结构虽少欠一贯，而用笔殊不恶，

---

1 《春明外史》为作家张恨水在北平创作并在北平发表的第一部长篇小说，在《夜光》上连载即轰动，不久出单行本。——编注

上：天山雪岭

下：天山中之哈萨包

236

上：白杨沟之一

下：白杨沟之二

为近年来长篇小说中不可多得之杰构，幸有此书，聊可遣闷。

吐鲁番为考古上一很有名的地方，前多年有德国人在此调查，成绩甚著。而吐鲁番在考古学上的声名，也因之加高。我们此来，有一位法人对此略有兴会，而本地居民竟以回教经典、古货币以及玉器佛像之类来求售，索价很贵，无人敢买。我对此兴趣不甚浓厚，又兼所有均平凡无奇之品，不敢问津，亦不必问津。

在吐鲁番住得无聊之余，也到汉回两城内去游玩了一两回。回城在汉城以西约二三里，商务比之汉城繁华得多，因汉城是政治的中心，而回城则为经济的中心。居民当以缠回为最多，但汉人营商的也还不少。新式的铺子，如洋货铺等，几全为天津人；旧式生意，则多为山陕人。缠回开的商店，大半没有柜台，但店内及店前，地方杂陈各物，营业人的神气，以及货物陈设与种种样式，同埃及阿拉伯一带的极为相像，令人感觉到的确到另外一文化区了。

住吐鲁番无聊，而省垣消息又不来，令人焦急。于无可奈何中遂于十一日到距城约三四十里地方去作地质考察，总算得了当局许可。乃雇两辆轿车，同去的除德日进、刘慎谔外，还有法人雷猛。所去的地方，名叫什么燕子崖和黑山头子，就在由吐鲁番赴迪化大道不远的旁边。初出发，完全依大道前行，后为抄近，乃舍大道走过一河，河水已干，而两边风成沙丘甚多，很不易走。久住在吐鲁番试验场中不能出来，今一至郊外，心神倍觉清爽，又北望地势愈低，已可望见最低部分，四围高出，虽平平无奇，却也算一奇景。

但燕子崖和黑山头子附近，并不是平原，却是一带低山脉，此低山脉并非由固结的古的岩石组织而成，却是略具红色大部为灰色的砂砾等岩石组成，与前在文殊山和鄯善所见的十分相近，当为一个建造。横穿此山有一河谷，两岸有黄土堆积，地因肥沃，树木茂盛，风景可称佳绝。在此地留连了约有两个钟头，打算回去，因有一二位尚未到，乃在河边上候他们。附近村中人，有几个很好奇地来围着我们看。但问他们话，他们都不懂汉语，我们又不懂回语，所以只有相对以意态表示而已。有两个穿黑衣的缠头，自出吐鲁番不远即跟随我们，我们停，他们也停，我们走，他们也走，我们上山，他们也上山。德日进向我说，恐怕是由县政府派来监视我们的，我看倒是有些相像。真料不到我们的一举一动，会有如此的重要。故又不大相信这话。

坐车回时，为避来时那一部分沙子起见，即就近由大道回来。可是沿路大半在戈壁石砾上边，我国旧式轿车在上走着，实在颠得难受。此等轿车，虽在近海各都市已不时髦（但北平还有），而在这些地方，还是交通上惟一利器。有的并且收拾得非常漂亮干净。在吐鲁番只有县长坐的是一辆俄国式马车，其他交通上一般使用，都还是此种轿车，在黄土地面上还可以对付，一遇石路，即颠摇不堪。尤不适的是在车厢内坐的人，双腿须盘起来，我们中国人坐车内，真算受生平未受过的罪。所以德日进常是坐在车厢外的右边，以便腿可以伸下去。且幸路不太远，不久到了原住的地方。一进大门，便接到由迪化来的一个电报，无论中国人还是法国人，在久候无消息的渴念中，对此莫不特为注意。但拆开一看，乃是褚姚焦三位打给我们的，大意是说中央已有明令，停止工作，金主席[1]已电中央请示，彼等在省守候消息，并请我们留在吐鲁番的三个中国人也往省上去同等消息。并谓如同意时，即派汽车来接，但对法方如何处置，并无一字提及，因此不免使法方人有些失望。

1　指金树仁（1879—1941），1928年新疆"七七事变"后，就任新疆省主席兼总司令。——编注

我接此电报后，即料省上空气并不甚好，而断定中法科学考察团遇一极难转圆的难题。此中真实情形，究竟怎样，非我所知，所感苦闷的，就是参加此多灾多难的考察团而不能实际工作，不禁为之浩叹。德日进素能乐观看事，而近来也很悲观，默察法人目下的态度，也料到去省的卜安不能回来，也觉得全体去省上也许好些，可以早些解决。只是他们未奉队长的命令，不能擅自行动。我们中国方面三人，接省上来电后，有一度交换意见，而无大结果。郑君主意很坚决，非往省上去不可，而刘君和我，则感觉乍然抛下法方不管，听其自然演化，于人情上未免有些不忍，所以希望最好法人也一同去，较为稳善。后来经县长裘君极力说省上既有此电，我们非去一次不可，不能顾虑法人。并谓如不去时，恐将来更生误会，更生枝节，反不好办。看那样子，分明省上对彼另有吩咐，所以在此等情形下，我们也只有不顾一切，回了省上一电，说是："极愿赴省，车到即行。"换句话说，就是我们已决心，若是省上车来，我们就暂与法方脱离关系，或者永久脱离，而完全不管他们了。虽然有德日进关系，然我为中国方面关系所限，不能不如此做。

当我们发电到省城时，吐鲁番县政府对住在吐鲁番的中法团员，另有进一步的行动。县长来说，奉省主席命令，要验护照、检查行李及所照电影和所带枪械等。这分明是一种不客气的表示，而裴县长因办过外交，办得非常客气，好像并没有令人下不去的地方。验查行李和护照，法人都没有什么异议。护照收去之后，把行李一一查过，由裴县长和绳营长亲为动手。法人有几个人照的相片，裴君必要扣出几卷，初法人颇不愿意，但终交出。法人查完以后，为要表示中法人待遇一样起见，我们的护照也被收去，我们的行李也被查一回。随后裴即开始要枪械数目和已照的电影、照片等。蒲鲁此时是事实的代理队长，对最后一节，颇为反对。意在此是考察团中物，团长未在，而队长也未在，彼未便擅自做主。但经一再交涉商榷，并由裴县长说明，若是交出相片和已照电影，或可早日上喀什去，于是法人欣然就范。

这样忽忽地过了一天。因在检查的空气中，倒也忘记了炎炎的长日和酷热天气。经这一番检查，考察团愈是可以乐观的方面少，而悲观的方面多，无形中留声机也唱得少了。又加上大家个个闹肚子，而电影师因日前出外，坐轿车受震动，半身不遂病又犯，卧床不起，真令人有祸不单行之感。全场空气十分寂寞而烦闷，我于百分无聊中，也只有读小说消遣罢了。事已至此，只有付个人命运于大自然命运中，听其演化而已。

十三日晚间，县长请吃晚饭，并约在县署内冲洗所扣的相片。席间还是照常应酬，宾主尽欢而散。十四日为法国国庆日，县长送礼祝贺，又在一处聚餐，也是极尽欢畅。省上褚先生等并有信来祝贺法国国庆，仿佛毫无什么隔阂与不痛快的交涉似的。去年在内蒙，与安得思一起过美国的国庆，表面上看来，都是很热闹的。我途中曾读徐旭生西游日记和斯文赫定所著《长征记》(*Auf Grosser Fahrt*)，所记他们十七年在额济纳河畔庆祝中国双十节那样热狂，真令人神往。便是那样，也大半是特意做作，然比之现在的强为欢笑，总还好得多。

法国国庆日的次日一早，裘县长即来声明，前天所带去的电影不是全部，大致并没什么，但今奉省令，要把所有已照各片及电影一律扣下。语言之间，并已指明一棵树一带所照之片与所摄之影绝对不能不扣。由此看来，省当局必已知法人在一棵树照影等情。但由省至哈密电报不通，不知如何可以知道。法人为要早到喀什去，对此虽不满意，但也不十分争执，已是"来在低檐下，怎敢不低头"了！

法国人在此等情形下，无计可施。据德日进说，大家的意思也是最好一同到省垣去，到那里主席一见，或者很放心而让大家继续前行。但我私度，问题当不致如此简单。德日进以赫定前事为例，以为赫定在哈密也有相似的困难，但一到省城，杨增新[1]一见很高兴，也就允许一切。但德日进不明了此次中法间另外有许多纠纷，意义更重大。如果中央的停止工作的命令属实，而此问题当然将更复杂……总之德日进还是较为乐观，而我则十分悲观。

耐到七月十六日，午间省上终于来了一辆汽车。但汽车过大门只停了一下，只有前与卜安、褚等开车的一位法人下车，其他人一概到县署去了。开车的那位一进来，大家全很注意，都想得到真确消息。但各法人一见之后，全都气愤愤地，一望而知其无消息，德日进的面色也和平常不一样。最可笑的是那位自然科学家雷猛先生，当我们面以法语作辱骂中国人语，他又怕我们不懂，特说德文以表示之。究竟省上情形如何，

---

1 杨增新（1864—1928），1912 年被北京国民政府任命为新疆督军、省长，1928 年 6 月被南京国民政府任命为新疆省主席兼总司令，同年 7 月 7 日被刺身亡。——编注

我们也不知与我们何干，而彼之态度如此，适足自形其眼光狭小罢了。

横穿天山

这一天适逢县长裘君借法人爬行车往距城约百里的某地方去游览，因此省上来的委员，到县署无负责人可见，不得要领。他们派人来要求派一爬车去追寻，因为他们来坐的车汽油不多。但我想中法感情已至此地步，此等要求当然要遭拒绝，所以向他们婉辞。而他们还是要求，结果终碰了一个钉子。据说由省来的共有两位委员，一是到吐鲁番和鄯善一带另有公事的，其他一位，是专为应付我们而来的。下午县长回来，会同那位委员来，此人系军界，服装很齐整。寒暄之后，说明来意，乃是接我们赴省的。另有褚先生一名片，上草数句，大致相同。法方也接到卜安的信，也须赴省，于是便决次日起身赴迪化。究竟到迪化又将如何，谁也不得知道。县长也许知道一点，而我们无从探悉，但以常理度之，必是凶多吉少。可是事已至此，到省上去总算是进一步的办法，一切到省可以略为决定，至少比死守在吐鲁番强些。能与炎热的火州作别，总算是十数日来天天盼望而竟能如愿的一件快事。

十七日清早，一切都收拾完竣，再进城向县长辞行，大队的爬车，整个儿地出发。除郑君坐在省上来的车中以外，余因事实上的方便，仍坐爬车，不过位次略有更动。省上来的汽车和在哈密所见的那一车完全相同，色黑，有座位两排，车前面顶上有"SK"两字，大约是新疆省的意思，外有罗马数字，一定是表车号，但不解何以既无汉文，又无回文，而偏用英文和罗马数字。经过很长时间，爬车始能一一从试验场开出到大街上，于是始和火州作别。临行时，县长特意嘱咐我，到省时，不必多出外，少发言，但究何以必须如此，却未言明。惟我乍听此言，心中不免一阵难受，此行原为作学术考察，不料不但目的未能达到，反致思想上要失去自由了。到省垣去，显然成为畏途，岂仅前途茫茫而已哉！

出发以后，蜿蜒前进，路与十一日往燕子崖回来时完全一样。最初省垣来的车在后面走，后因爬车太慢，竟自前行。爬车仍是浩浩荡荡的，十多日来欲看而看不到的状况，今又看到，心中不觉为之一快。过燕子崖附近后，路又穿入小山岭中，再前即爬到戈壁面上，而前所谓小山脉，反在足下。北望天山起伏，山脊若继若续，最高峰之博克达山，在此已可望见。

中午到头道河子，而省垣来的车已早到两点钟，可见爬车之慢，而轻便车之快。在此地吃饭休息后，继续前进。过了几个小地方，回视吐鲁番大盆地，如一深海。南望高山如屏，山脚冲积砾岩甚多，时代当很古。再前到一大道，即为由省经托克逊去喀什的大路，自此再前，路即逐渐入山，风景较前愈为秀美，山坡上红色的岩石衬着将落的夕阳，尤令人不觉神往。

再前太阳已落，但为赶路计，仍继续前进。车因有的有毛病，丢在后边，我们一辆车在黑暗中孤行，车灯在山谷中照耀，有时我们还可以下车在黑暗中看着石头。愈前山路愈狭，车愈难行，行了八十八公里，到一地，名后沟，先到的车已停下休息。于是便在此地住下，住的地方在河滩，滩上石块叠叠，几不能支床。河中流水甚大，声颇震耳，四围亦有些树木，风景很好，倘有月色，必更佳绝。我因今天感觉得非常疲倦，所以草草就寝。但有两件事不能不补记一下，一是法人一开车的，名古斯他夫，起身时忽有病，沿途病又加重，车上劳顿，当然为病重的主因，因此更增加考察团烦闷的资料。一是刘君和厨子言语冲突。自卜安去后，能懂英文的听差李某，亦随同去省，法人全不懂中国语，所以事事须能说法文的刘君代劳。厨房车夫以如何拔鸡毛、如何煮鸡子，吩咐中国厨子，均请刘君代译。不料刘君照译之后，中国厨子大为咆哮，并肆口谩骂。此等受外人豢养之流，完全以为别人都是像他们一样地跟着外人混事，毫不知尊重，真令人发指。我看近来通商大邑，凡外人足迹多的地方，此等人甚多，其心理最污卑、最无聊，并且最危险。我无以名之，姑称之为亡国心理，阔者自买办起，低者至差役止，无不如此，真可浩叹！

十八日清晨起来，始看见住的对过有一家大店，并有数人家。我在河畔洗脸，见水清非常，凉风水声，可令人忘倦。河两旁树木丛茂，风景虽不奇绝，而亦可免俗。听说再前不远，即到岭上，爬车急切收拾不妥当，乃与德日进先步行，并可略看地质，路在丛林中，过河数次，水声与鸟声相和，景致殊可令人心快神驰。约行十余里，即再上爬车，遂即舍此河谷急向右折，上爬山坡，坡长可十余里，但尚不十分奇突。坡尽处为岭峡，过前即下坡，但下坡后不久又有一坡当前，这一坡之坡度，至少有六十度，颇不易上。所有人都下车步行，爬车须择轻的车拖重的车，因所拖的车有的必须放下，留得坚固而轻的机车去拖，如此辗转拖拉，颇费时候。在此耽搁，至少有两点钟，才得继续前进。过此道路便急转直下，没有什么难走的地方。下望平原中房舍清晰可见，对面偏东，即见最高处之博克达山，峙立天空，白雪青天相映，景色如画。

下坡即过一大河，源自博克达山来，而穿山南流。昨在后沟所遇之河，就是此水。河水穿割厚而硬的山脉，确非易事，但竟成事实，真算有志者事竟成了。在河边休息，大家全洗脸洗脚，过河有一收捐税处，不归迪化县（因早已入迪化境）而归吐鲁番县，所收之税，大半为由吐去省的棉花、葡萄等。再前行十余里，便到了达坂城，居民繁多，为自吐鲁番出发以来惟一的大地方。居民以缠回、哈萨为多，但亦有不少的汉人杂居。过达坂城向西北行，路径复入戈壁中，所不同的，就是两边不远都是高山，北山的砾层满堆各山谷，几把山口堵闭。再前行数十里，过数小镇，西北望一湖，夕阳返照湖面，湖岸杂草丛生，又时有大车沿大道行走，于是造成了一幅天然美丽的图画。在此停下吃晚饭，此时有病的那位，病势十分沉重，幸车中有特别设备，可以把座位变成卧床，病人可以仰卧。旅途如此重病，不免令人生同情怜惜之心，而十分不快。省上来的车，已请先开行，以期可以早些进城。又听说医生已托该车进城带些冰来，以便看护病人使用。因此为要早些收到冰起见，决定吃饭后仍继续前进。此时太阳已落，而天空却有弯弯的纤月，挂在疏淡的繁星中。再前行不久，月已西落，昏黑的夜色中爬车呜呜地努力前进，在车中疲倦已极，也就半睡半醒地待着。车外情形，完全不知道，有时仿佛觉得车止，有时忽又前进，车声嘶嘶，知又到了难走的道路。

这样前行，足有四点钟，到了一个地方，也不知叫什么名字，车才停下。据说就住在该地不走了，因为已遇到城内派来送冰的人，所以停止，以便病人不致再多受颠簸。听说此地距迪化不过十余里，已算省城近郊，就和到省一样。于是在夜色苍茫中，草草收拾床铺入睡。

十九日一早醒来，看见四围都是不十分高的山丘，以西有一小湖，所住地距湖不及一里路，后边山坡的深黑岩石，似有发掘遗迹。就近往看，为侏罗纪砂页岩。并找得鱼鳞遗迹，可证其年代。吃了早点以后，即上车起身，此地距城很近，不远已见河谷旁边现出繁华的街市，乃是迪化的南关。不料到南郭以前，车为驻军所阻，要得城内允许。正在疑虑交涉中，忽有两骑自城内奔驰而出，一即为留省十余日不得西行之卜安，其他大约为一哈萨人，系卜安的随从。法人见卜安至，群狂呼"首领"，并与其热烈为礼。但不知何故车忽倒转不进城，据德日进讲，住所距西门近，特绕道进西门。但转回之路，已走一大半与来时的路线一样，显系不是进西门。问之德日进，又说要进东门，实令人莫名其妙。但事已至此，只有听之。最后一直又转到昨夜住的地方，才取另一道折向北，又行约八九里，到一形似大庙之建筑，及询之附近居民，才知为教场。于是车即停而不动，看其形势，是决意住此。因为不但把病人移下，而其他人也陆续把行李移下，厨役等且正式设备做饭，我对一切情形不甚知道，但就外表观察，颇觉此等做法不很合宜。因法人不进城，显可发生其他误会，至中国人似尤有进城的必要。后经打听，才知省当局为法人初预备一个大的驻地，人车可并容下，后又中止，而以人与车分为两处，法人恐其把车封扣，且事实上人与车亦不易分开，因出此计。不到一刻，城内已有人先后而来，褚先生偕省招待员涂君亦来，说明我们可与他们住在一起，乃于即日下午入城。计自十七日由吐鲁番起身，三日即到省城，共计路程为一百八十八公里，西行旅程，又算走了一段了。但究竟此后行止如何，真同未猜出的哑谜一样，谁也不知道。

上：白杨沟之三

下：天山中的森林（一）

迪化之形形色色

当褚先生到我们所停的地方时，便说午间还有一个欢迎会，也请我们去。但我自觉无被欢迎的价值，颇不想去，可是他们一来说非去不可，二来觉得借此进城看看也好，于是就同他们一块进城。刚进东城门，就见四省会馆（浙江、江苏、江西、安徽）门口车马盈门，门上张灯结彩，两旁军士排列，森严异常。我们就在军乐洋洋中入内，里边布置甚为堂皇，来宾非常多，自然没有一个认识。开会时，也照例读遗嘱，向遗像三鞠躬静默等。主席致开会词，极力推崇褚姚焦三君，以为是"中央代表"，其他各人，只以各位先生四字概而括之。以后褚、焦均有演词，而褚先生因此日适为其父逝世周月，触景生情，颇为伤痛。焦君则劝改良同乡会。我等自觉无说话必要，所以毫无表示。会完后吃饭，我与刘君即辞出，再到法人的驻地，取行李搬入城内，与褚先生同住，以示中国人一致。因此地日落即封城门，所以尽先办理。德日进对此当然也无话可说，且看以后的演化而定行止！

我们在迪化所住的地方，在城内县署斜对过，一般人称之为蒋公馆，据说是一位蒋师长的私宅。但何以蒋师长不住在这里，何以我们可以住在里边，也无从探悉。房门前张灯结彩，有五个兵士荷枪把守，出入时均行军礼。门内一旁为招待员住所，入二门为上房，姚焦二君住着。南房因有客厅，褚先生住着。我同刘君则住于北房。二门外不但张灯结彩，且贴有红对联，表示欢迎。每门口均有一对大红宫灯，顶上横以红布，颇像办喜事的样子。

省当局派招待褚先生等的共有二位：一位是个科长，天水人；一位是个县长，江西人。招待十分周到，所备食品，亦丰美非常，且有俄国香槟及其他各种酒。但这样的招待，究竟是善意呢，还是恶意呢，谁也猜不出这闷葫芦。

到迪化的第二日清晨，涂县长即招待我们去洗澡。澡堂为天津人所开，设备虽平平，但在迪化已算是顶摩登的了。姚君亦同洗，关于他们前多日在此间的生活，姚君颇告诉不少，使我得很深刻的经验与感想。洗澡完后，我欲访西北科学考察团中国团长袁希渊君，涂君即带我们前往。袁君所住地在南关，我们坐的是俄国式的四轮马车，片刻即到。与袁君在迪化相晤，彼此均十分欢悦。袁君在此地工作三年之久，不但科学上有重要发现，为人景仰，即处理考察团种种事务及应付地方当局，渡过若干难关，实亦有令人可钦佩的地方。

涂君与姚君和不一会也来此地的褚先生，均先后他去。袁君和我乃决骑马去访德日进，因袁君在此有若干马，出外很方便。由大街折向东，绕城东南角而向法方所驻的地方——教场——前进。该教场在无线电台的旁边，三铁杆高插入云，数十里外可见，所以目标很清楚。到那里见到德君，我们又是一番快乐，但我们因本身处境的情形，又兼袁君告诉我们他三年以来的经验，不免又使我增加若干忧郁，但事已至此，只有听其演化罢了。

　　到迪化的第三天（七月二十一日），上午闷坐室中，无事可做，虽然这里布置得很好，食品也不恶，但讲到空气，还是在帐幕中好。而且无工作可做，想写一些东西，又苦无从下笔，只有把时间消磨在谈天中。下午因各厅道在同乐公园设席，请褚先生等，我竟也得附骥参加。所谓各厅道，乃是各厅长，如民政厅长、教育厅长等。至于道，虽然已经取消，却用以包括其他重要官员，如行政长、特派交涉员等，全城文武，齐集一堂，自有一番盛况。同乐公园位在城外临河，中有鉴湖，风景颇佳。所吃的饭，照例从下马点心吃起，到杯盘狼藉止。我因连日饮食不宜，肠胃又感不适，而应酬又非所长，只不过备格罢了。

我们后到迪化的人，本拟即日拜见金主席，后因时间关系，始定二十二日午进见。金之公署，距所寓很近，计去者除我们三人外，还有褚先生和招待员涂君。金为甘肃河州人，年约五十岁，上年杨增新遇害后，即继为新疆主席，人颇和蔼，见面后，由褚先生一一介绍，寒暄数语，即退出。关于团体工作事，一语未述及。

我们觉得这样在迪化住着，实在太无聊了，乃于下午同刘君雇一车出城，刘君可采一些植物，我则借以看一看附近地质。其实出外考察，绝不能如此简单，不过闷居无聊，出外走走，可以稍舒积闷。至于法国人，更是无聊，工人们起初尚修理汽车，后渐无事可做，或打扑克，或听留声机，他们最苦痛的是不能向外边通消息，西队情形，尤不明悉。我们到此后，通电写信，表面上虽很自由，但人人有戒心，不能说自己想说的话。

采集后，绕至南关袁君处闲谈，袁君意尚可以工作，彼并愿极力帮忙。但三数日来，目击种种情形，所谓工作者，究可做到若何地步，实为疑问。据省方传出消息，说是中央有电来，最重要几句为"停止其工作，保护其出境"。至对中国人如何善后，并未涉及。所谓停止工作，当然指中法全体而言，出境是如何地出法，均未言明，大家亦无一致之集议，又无具体的主张，一听其自然变化，混天又一天。宝贵的光阴，竟如此过，其烦闷实不减于在吐鲁番的景况。当从吐鲁番起身时，对前途尚有若干希望，至今始觉前途希望甚少，非常暗淡。

由南关归来进城，在某街看有陕西会馆字样，建筑从表面看也十分壮丽，乃停车入内一视，中殿、正殿均新修，颇壮观，惜尚未油漆。看馆者为一道士，省垣西某县人，询在此馆之陕西人情形，据云官界人不多，大官绝无，大半为县知事一流，其他以商界为多，惜我无一人认识，无一人可找，只有悻悻而返。不过在此看见陕西会馆，颇令人有乡土之思。

金主席拜会之后的两天，完全消磨于拜会其他政界、军界人物，由涂君领导我们到各厅长、各行政长和其他重要人等，第一天没有拜完，还须第二天。其实不拜客也是没事干，反可借此消遣，每到一地方，自然少不了一番应酬和客气。所有我们拜会过的人们，对我们都非常客气、非常和蔼、非常诚恳。他们十九都是关内人，在外多的四五十年，少的亦一二十年，真所谓老口外了。下午无事，照例似地到南关找袁君谈天，有次遇不到，悻悻而返。

法国人方面，仍住在教场。初到时，据交涉员陈君讲，主席的意思以为教场为军用地方，住此不便，且距城稍远，招待难周到，坚请另移地方。但法方以为此地十分好，且有病人，又说机器已坏，迁移不便，俟一切恢复原状后再移。惟对所指定的地方，又嫌种种不好，其真意实在是不愿搬。省方则对法人表面很压迫，初到时即连夜施以检查，又派去许多兵，以示保护，又禁止打无线电，可见金主席对中央电报很为重视。

自从我们到迪化后，以东军事情形，很不清白。但据传说消息很不好，有的说巴里坤已经失守，因之省上人心十分浮动。听说金主席派本地乡约及缠回阿訇等前往宣慰，省中又派大员鲁参谋长前往镇压一切。据德日进告诉我，省当局要求借用无线电及汽车，卜安已允将所带的一小架无线电赠送，至于借汽车，则严词拒绝，其理由是该汽车不适于军用，且未得其团长的同意，不能做主。最可笑的竟说他们的汽车不能助长任何一方，俨然对汉回之争取中立态度，至省方是否有此要求，我无从证实。以常理推测，当不致有此可笑的举动，而法方如此答复，也真令人发指。

法方既允赠其小无线电于省府，遂即试验是否可用，并由省无线电台人员主其事。但法方不知怎么，自己竖起他们

258

的大无线电杆来，趁试验的空儿，大通其消息。当时大家因恐生枝节，严守秘密。此次偷用无线电，我竟得到北平寓中一点消息，为出发以来第一次好音。现在回想起来，还觉好笑。

七月二十五日，我同德日进至以西红山嘴子一带看看地质，因时间所限，仍不敢远行，但也有若干成绩。

二十六日，金主席在边防督办公署设宴请中法全体，并有当地高级军政要人作陪。大家对于金主席的盛意全很感激，吃饭后，法人卜安、照相师和德日进，决与邮务长某（丹麦人）前往俄人避暑地方杨木沟一游。德日进因借此想看看地质，颇愿与我同往，但因车上地位有限不果，我们只有留在迪化过烦闷的生活罢了。幸尚有南关袁君处可去，略解积烦。

白杨沟之游

就连日在迪化所感觉的空气看来，目下要到喀什去，或正式有一痛快之解决，实为不可能之事。表面上的理由，是候中央回示。但中央回示何日可到，谁也说不上来，也没有把握可以料到。现在所知道的，只是停止其工作，保护其出境。至于是否另有其他的办法，实难逆料。

上：天山中的森林（二）

下：白杨沟之四

上：迪化西北科学考察团总办事处（自左向右，德日进，
袁希渊，刘慎谔。）

下：迪化鉴湖的一瞥

在此等情形下，我们一天一天地住着，闷郁无聊，难以尽言。在无可奈何中，颇想找一点工作，刘君也同此感。我们很想就二三日可往返的地方去看看，我们打算要去的，暂定为两个地方：一是博克达山，在天山东，为天山山脉最高峰，风景绝佳，我们想鼓起褚先生的游兴，以便我们也可以顺便沾光。省当局已答应，并允以汽车送去，但后因东路军事吃紧，汽车全供军用，未能果行。另外一个地方，就是前边提过的杨木沟，在迪化南一百二十余里，为天山中一谷，风景极好，为俄人夏天避暑的地方。第一目的地不能成行，我们乃努力实现此计划。涂君慨向县署接洽马匹，终得了四匹马、一位县役，乃决定二十九日与刘君前去。照原来计划，还有德日进，但德至前一日晚始返，再预备起身来不及，于是只有我们二人。二十九日早晨，由蒋公馆出发，刘君、我、县役各骑一马，余一马夫行李，出南关过河向南。时旭日当空，天朗气清，又兼两边景物宜人，心神为之一畅，连日积闷，消失大半，实为到迪化来第一次快事。

南行十余里过数村，再行二十里到二十里铺，下马休息，忽有人自后追到，换另一马。询问后，始知此四马都是乡下马，被县中拉去的，因一马病，故来换。我们逛游，却无形中骚扰百姓了。再前行，路即入戈壁，一望无山，是一片平地，杳无村落，惟因为入山一大道，所以路上尚不时遇见行人。前行数十里，距山较近，始渐见人家。时已过午，县役领我们离大路，绕小道，至一住民家，据说是本地乡约的女婿家，院内为牛马粪填满，有牛六七头，羊则已放出去。房主领我们至上房，室虽简陋，但主人一种竭诚招待的样子，令人感觉到乡下人的纯真。据他们讲，省城拉车、拉夫甚急，有许多邻家的车已被拉去，他们吓得多日不敢进城，这分明是受了东路战事的影响。他们都是汉回，民族语言和习惯俱和汉人一样，就是信奉回教，头上戴的白小帽以与汉人别。

在此流连约两点钟，即收拾起身。临行给他们钱，坚不肯受。据县役讲，他们是照例不敢受的。由此再前行，方向大致向东南，人烟渐多，风景亦不若戈壁上之干枯，实是由于距山口近，有灌溉之利的缘故。沿途小水渠甚多，均系由上游引来的支渠。不久已近山口，望见山坡河谷，呈阶梯形，甚为清晰。此河谷名大西沟，系集天山附近各谷之水北流，过迪化而流入以北盆地。入山之后，两边林木茂盛，水流淙淙，又值夕阳将下，牛羊尽在归途，其景物之佳妙，为自北平出发以来所仅见。山谷中树木繁茂与河流情形，使我回想到德国明星的依沙河，两边情况，固有些相近，但不同的地方究更多，而我竟有此联想，真也算奇怪了。

刘君沿途采集植物标本，走得较慢，我独自策马前行。进山谷后，道在河岸，行路甚纡曲，景致清幽，惟时已薄暮，尚不知所欲到之杨木沟究在何处。以理推之，当不很远。问之过路人，则云尚有三四十里。风景虽好，究不能露宿，而刘君尚未到来。我恐走错路，又不便独自前行，不免有些着急。不久刘君与县役均来，乃加速前进。此时日已西落，惟山顶尚留有阳光，马蹄得得，迅速前行。询之县役，云以前不远，拐弯就到。但走了半点多钟，还不见拐弯地方。天已昏暗，而所欲到的地方仍不到，实令人急躁。幸此时一轮明月，在东方山凹处涌出，不但使我们可以认得路，且此等风景配此明月，另有一种风致。再前不远，即舍大西沟向西折，闻即所谓杨木沟者是。但入此沟后，丛林更多，路愈难行。沟中水很大，羊肠路途，曲折甚多，过一回，又一回。道旁古林天成，树枝杂横，稀疏处明月穿入，隐约可见。小径旁水声淙淙，使我们彼此不能很清白地讲话。此刻虽然还未到，但睹此奇景，不但忘却走路，且忘却疲倦。平常皆以在万山丛林中孤独夜游为绝佳事，今竟能做到，即此一夜眼福，亦可算不虚西北之行了。

这道河穿了又穿，过了又过，明月已由东方升到很高的天空，杨木沟虽已到，而我们所到的地方，即住人的地方还没有到。有时望见山坡一二灯火，也有狗向着我们叫，但仍不是俄人群住的地方，也不是我们要住的地方。问问县役，老说前边不远就是。但走了一程又是一程，仍不见到。此路若果走过一回，也没有什么，今为初游，不免令人生戒心。再前遇一蒙古包，县役因我们发急，不愿走了，即在此求借宿，主人慨允，我们即下马入内。内火光熊熊，方煮烹夜饭。主人为哈萨人，一家五六口，全住于一包中。其老母已老态龙钟，腿部又有病，其妇正依火做茶，其他小孩三，均已入睡。我们到后，他们于欢迎中表示其惊异。他们说话，我们当然不懂，幸有县役任翻译（也是哈萨人）。吃茶后，身体温暖，出外颇感夜寒，仰望皓月当空。此时万山俱寂，夜露侵人，流连片刻，即入包内安睡。我们的卧铺，即设在当地，主人们则卧在四围。此等生活，当然十分感觉不适，但并不觉不快。所遗憾的是头部向低处冲外，因之脚高头低，一夜不曾十分安睡。

次早醒来，已烈日高升，出外始见山的真面目，松林四围围绕，山色青翠可爱，西望包幕重重，即是杨木沟中心地方。

昨夜至此而未前去找一较好住处，可算功亏一篑。我拿上手巾，到河边洗脸，水很凉，但清可鉴人。洗后，再上山坡略一散步，附带看看地质，即回包吃早饭。饭后决前行，到人烟稠密处再寻住处，即骑马前行，别时，主人并殷勤照料一切，实在可感。

起身后，走不到一刻钟，便到了目的地。山坡上蒙古包两大排，但均相隔较远，远看如一条街，最好的是此等包都在厚的绿草上，两边山坡，却为茂林，都是松树，并没有杨树。据云，所以叫杨木沟，实因以前有杨树，今则全被砍伐尽了。到此后，由县役接洽。忽遇一汉人在此养病，有一包独住，慨允我们附住数日。此君姓杨，伊犁人，在省交涉署任事，因病在此静养，对我们竭诚招待，一见如故，真令我们感激。在此稍休息即吃午饭，饭后杨君和一位哈萨人又陪我们一块儿上山。

我们连县役都骑上马，一行五位，沿河上行，其风景较之昨夜相似，而又是一番景象。因昨夜为月色，而此时则在阳光下。过住居人多的部分后，河谷渐窄狭，树木亦渐多，景致亦愈令人叫绝。行不及数十里，遇一瀑布，水自山岭一奔直下，凉风侵人，暑热全消。再前山坡甚突，几无去路，但小道蜿蜒而上，过一岭，而再下至一河谷中。此河谷亦向下入大西沟，为同一水系，我们又沿此谷前进，河谷不宽，而水很大。这一道河过了又过，有时因河太窄，绕山坡走，路更崎岖。无论谷底或山坡，全为树木，风景比昨日所经尤为壮丽。天气时晴时阴时雨，晴时日照当空，在林中望太阳，好像太阳也跟着我们走。阴雨时夹以雷声与水声，互相唱和，不但不感觉不快，而转觉其景况实为人生不可多遇之奇景。假使常常过都会生活的人，也许不能了解此中的好处和乐趣，但我们能有此行，实觉得享尽人间清福了。

沿河上行，愈行水愈小而愈狭。行约三十里，我们一同去的那位哈萨人导我们至一蒙古包中稍憩。因此君之父为乡约，在本地哈萨中较有声望，且无人不识。入内主人款我们以马乳，经过相当泡制，带有酒性，味酸甜，与陕西西安之稠酒味相若。哈萨人以此为主要饮料，比牛乳还要喜欢喝。在此休息约半点钟，即仍骑马前行，我们向主人道谢而去。白扰一场，颇觉过意不去，但据杨君讲，此处风俗如此，至其地若不受主人款待，则其主人如同受侮辱一般，真可谓之古风，与世俗日下之都市生活相比，不啻相差天渊。

前行十余里，即到此谷尽处。由小道到山岭上，始望见岭前又为一大谷，面谷前尚有雪山连绵，此雪岭高耸云表，风景至为可爱。据云欲达该地，马行尚须两天，天山之伟大，于此可见一斑。倘我们知道在省城，究尚可住多少日，时间若来得及，而省当局又肯帮忙，则攀登雪山，实为最合宜之工作。奈事与愿违，徒唤奈何。我们至此，本拟即归，但望见谷坡有些蒙古包，杨君急欲一会，我们遂又下山前往。但此三五包，自岭顶望，虽觉很近，但马行好久才到。到后，我们至一哈萨人包中休息，包中布置极华丽，且有极美之床帐，据云系新娶妇者。新妇貌极秀美，正为其婆母梳头，可见此等人亦有孝思。主人仍款我们以马乳，惜我不能多喝。趁休息时，我至附近一露头，略看地质，并得一二化石即返。时已下午五点，计程距住处已在五十里以外，遂立即动身，寻原道而回。

　　杨君和那位哈萨人，各骑马驰驱前行，我们骑的马既走得慢，而我又不敢跑得太快，只有慢慢前行，所以遗在后边。刘君沿途尚要采集标本，因之更留在后边。过山岭重入河谷后，夕阳已坠，而我前行不见杨君，后又不见刘君，念距所住地方尚远，心颇兢兢。幸有一骑马的哈萨人，亦往白杨沟，彼略可讲一二汉语，我即请彼与我同行，彼亦欣然。惟彼骑马非常地快，我尽全力始可勉强赶上，穿河时幸有彼前导，我得不迷径。再行不久，月已东升，景物与昨夜相似而更好，因此地树更多，水更大，景色更清幽，故虽在兢兢中，尤不时赏此佳景。直到过那小岭与午间所见瀑布地方，知距住所已近，心始释然，始专心赏夜景，又惜不久将与此不可多得的旅行作别！及到住所，已九点多，刘君因有县役同行，幸亦未迷路，至十点许，亦赶到。计今日往返约十小时，路程可一百余里。所过景地，无一处不有画意，无一处不佳妙，实为我近来印象最深的一天。

照我个人的意思，次日即可返省，在大西沟口附近可住一天或半天，借以看看那地方的极好的河成阶梯地形。但刘君因昨日赶路太多，未能好好采集，坚欲再溯河谷的上游去一回，我不便违其意。但因此谷已看过，仍决留此，在附近看看。吃了早饭以后，杨君和我上以南一个支沟，沟西岸蒙古包连续相接，据说都是俄国人，白俄、红俄皆有。西洋人好与自然界接触，善享清福，无论什么样人都是如此。在此流连许久，又寻原路返，与杨君访迪化邮务局长夫人。邮务长为丹麦人，其夫人为挪威人，携带小孩在此避暑。其所住之蒙古包，收拾得非常整洁可爱。凡地方经西人一收拾，虽至简陋的东西，也弄得很有雅致，颓堕、废弛如我国民族者，实是不能望其项背的。

下午闲居无事，又同杨君及哈萨人骑马上北山，登山巅可望见省城。据杨君云，天气晴朗时，城楼及重要建筑均清晰可辨。再北望大盆地，汪洋一片，有如大海，不禁令人有登泰山小天下之感。时天气转阴，雨亦续至，乃急急返，俯视白杨沟中，风景令人爱煞，惜我不能在此多流连。归时与杨君相熟之哈萨人给我们吃鹿肉，据云，日前某哈萨曾在山中猎得一鹿，其角甚大，已卖给某人，价八九百两，我因来稍迟，未得看看该鹿角，以增学识，殊为憾事。鹿肉味极甘美，杨君及哈萨人均习以手吃，即所谓抓饭。我亦有时仿效之，但终觉不惯，仍改用箸。

次早即收拾起身，在此住了两天多，一切招待，都赖杨君，其殷殷情况，令人不忘，殊可感谢。由原路回去，上次来时，因在夜间，看不清白，归途中一树一石，都看得逼真。然此景此地，来不久，又要舍弃而去。旅踪飘泊，人事靡常，诚不知几时才得重来，因此又不免动了惜别之情。不久即到白杨沟口，转入大西沟，路转向北行，对过阶梯地形清楚如画，惜无充足时间可以详为研究。刘君因沿途采集植物标本，又遗在后边，我独自骑马前行，虽感孤闷，亦自有趣。将近谷口时，行人渐多，大半系上下转运食料的。出谷口前行，至一渠旁，下马休息，并洗脚及上身，借以候刘君。不料等了一时余，仍不见影子，乃骑马又行。迪化西南之红山在望，不怕迷失方向，但因小道支渠太多，竟迷失路，幸所走路并不绕得太多，至戈壁中，仍归一道。单骑孤身，在荒凉的戈壁中行，亦自有一番意趣。所遇行人，无论汉人或回人或哈萨人，莫不引起他们深切的注意，问了好几次，却因不懂语言，无结果而止。

走了约有两点多钟，始出了戈壁到二十里铺，乃下马休息。与店伙接谈之下，始知其为陕西凤翔人，到此已二十余年。另一老人，年已七十许，也是口内人，但自幼即到此，左宗棠平回乱事，尚楚楚能道一二。今曾几何，而边陲垂危，不亚于前，真令人不胜感慨！时已不早，不敢久流连，乃复起行，天又滴雨点，愈不得不快行。行十余里后，天仍阴，不辨为什么时候。怕城门关了不能进城，乃更马上加鞭，仍由南关进城，直到入了城门，才把心放下。到寓所后，不久天又放晴，夕阳尚挂在檐头。计自七月二十九日由省出发，在山中盘桓两日，八月一日由白杨沟回省，往返虽只四天，而看了生平不常看的许多奇景，地质上亦增加了若干新知。今又来省城的烦闷窟中，依然是张灯结彩的招待所，度斗室孤灯的景况……

迪化的烦闷及其他

天下事最苦闷的，莫过于做自己不欲做的事，到己所不欲到的地方，见不愿见的人和说己不愿说的话……总而言之，违本人意志的言行。但此等情形，虽任何人也难免，尤其处在现在的社会和国家中。我重回迪化的情形，正是如此，从前万不料在迪化会有如此长而无工作的勾留。

褚先生一行，虽比我们早到许多天，但他们每天都有事可做。褚先生在此很受当地人士的欢迎，常有演讲，一讲就是好几点钟。褚先生又善写字，当地人无论政学兵商，莫不以求得褚先生墨宝为荣。故褚先生以一天的二分之一的工夫去写字，颇有应付不暇之势。褚先生顶精通的是太极操，北平报上早已大为登载过的，在迪化也是一样，褚先生在此并收了许多太极操信徒，每早必练习若干小时。所以褚先生实在是很忙。姚先生既代表中央军政部来此，当然也有其重要工作，所以也很忙，听说对省当局还上了不少条陈，以供采纳。至于焦君，也是所谓中央代表之一，亦自有其任务，而焦君又喜欢调查习俗，好照相，所以也是十分忙。因此只有刘君和我最感无聊，无怪要低一级，因为自到迪化后，褚姚焦三先生，均丢了中法科学考察团团长或团员的名义不用，而称为"中央代表"，三君似受之而不愧。我们既仍为团员，又在禁止工作之列，当然与之不可同年而语了。

在此似可把卜安及褚先生与姚、焦诸君初到迪化的情形补记一下，因我迟到十余日，一切都是褚、姚诸君告诉我的。

省当局既有电致吐鲁番，请中法考察团全体到省，以便从长计议，又在此筹备热烈的欢迎，省中各厅长以下重要官员，每日自早至晚均在南关迎候。他们空等了好几天，好容易才迎接着，接到之后，由当局招待至蒋公馆，卜安和开车的法人，也同住在一起。此时褚、姚诸君已表示携有重要礼物，因之金主席筹备很隆重的礼仪，蒋主席的相片放在一个彩亭子里边，另外蒋主席赠予金主席的宝刀也占了一个亭子，然后由军乐浩浩荡荡迎入督办公署。其礼节无非静默、演说、鞠躬等，我也不必细述了。单说仪式举行以后，主席请吃饭，据卜安讲，这次饭一直吃了足有四五个钟头，其馔之盛可知。席间褚、卜均表示大批人均在吐鲁番坐候，拟即日离省西上，等由喀什回来，再为欢聚。姚焦二君，本定到迪化就算交差，所以无表示，金亦点头许可。不料卜安太性急，必欲当晚即须出城，回寓后，即收拾一切，准备出发，姚并向卜安说，一切主席已谅解，可以西行，卜对姚之努力，并十分感谢。不料卜、褚正在收拾完毕即要上车的时候，涂君由省署前来，说是主席的意思，请暂留省，稍缓再行。并谓若是褚先生要去时可以去，至卜安则万不能放走，以符中央停止工作之意。此时褚先生觉着很难堪，不发一言，而卜安尚暴躁，谓除非开枪，亦要出城。及车到门口，即为七八武装兵士挡住，不能前进，卜安至此，亦只得忍受。

自此波折后，当晚空气大变。省方派人检查卜安及另一法人行李，并收没其枪械，又拿走了护照。姚焦二君，亦主建议中央，非停止工作不可，不准西进。此时的褚先生，当然有其个人的苦衷，因褚先生总想委曲求全，把此事弄个有始有终，不料事与愿违，反弄了一鼻子灰。而卜安干急无用，又使其在酒泉的法子，以软法子动人，向省当局写了一封道歉的信，无非是说自己如何年轻不省事，路上不该打人，又不该遇事不会将就……一直说到不该不听劝，擅自要出城，末

274

上：迪化教场考察团住处

下：在迪化与法人辞别

了无非是请求原谅，并望早日放行的话。此信为法文，由姚君意译为中文，其字句之间，不免又加些作料儿——自己年幼无识、举止荒谬等自打嘴巴的话，应有尽有，一时传为笑柄。好在卜安不大懂中文，也并不感觉什么难受。

我听到这些话，才略一明白为什么我们老是在吐鲁番等了许多日子没有消息，为什么那里也闹检查行李、验护照等事。后来褚先生等觉得西行无期，一切尚须候中央回示，不忍令我们在吐鲁番久等，所以商请金主席派一汽车接我们。而此事卜安也感觉到法方全体有来省的必要，也派其开车的回吐，因此我们大家才能于十七日由吐鲁番起身，向迪化进发。当时我们有若干希望，及到省经数日的观察，觉得至少中法合作是绝对没有希望的了。

省当局向我们表示，如中方人欲作调查，可以自由，省方并可担负经费。当局此等厚意，我们当然感激，但一单独调查，虽小团体，亦须有种种筹备。尤其是在蒙古、新疆等地方，食物、帐幕、使用人等均非有充分之预备不可。至省方虽慨允担负费用，然与我们主管机关之关系如何，未见明言，因此我们觉得单独工作，事实上大有困难。所以到迪化不久，我即表示，事已至此，愿与团长一致行动，取道西伯利亚东返，以免在此徒耗时日。德日进对此很谅解，并且我们共同工作，亦有好处。据法方的观察，倘中国人离开团体，法人单方面进行，也许要顺利些。

如今再续记我们回到迪化的情形。到迪化后，个人有一个好消息，就是翁咏霓先生给褚先生来一电，说是东回旅费，筹汇不便，请褚先生代为设法。这一来我可不致为旅费担忧，只也像行李似的跟着东回罢了。

八月二日，为褚先生及中国团员、法方团员公宴金主席及各重要官员的日子，我和刘君因此须赶回，否则在白杨沟还可多流连几日。因金主席的关系，假座督办公署内，一切筹备，都是涂师二君担任的。吃的是西餐，和上次金主席请客时是一个厨子做的。厨子为缠回，做的菜也很好。此日宾主间的酬酢，又是一番盛况，自不必说。大家至此，也就忘了一切苦闷，且寻欢乐。这次请客，是回请性质。省垣各界于褚姚焦三君初到省后举行过盛大的欢迎会，我们到省时，还沿街看到欢迎"中央代表"的标语和帖子，他三人对此也要回请一次。惟这次是在前几天举行的，幸我和刘君正在白杨沟，得免当场出丑。但就《天山日报》上所载着的看，也是很热闹的。

由白杨沟回迪化后的情形，和未去以前的生活情形一样，不过希望中是东归胜于西上。每天无聊时，看看此地的《天山日报》以解闷。《天山日报》为迪化惟一报纸，除星期日外，日出一大张，用国货纸印，只印一面。材料大半都是自平津、上海等地抄下来的，所以许多不是新闻，而是历史。所刊的专电，未注明时日，也无从断其是什么时候的电报。不过自从"中央代表"到省垣后，《天山日报》上增加了极新鲜的材料，打开七月初旬和中旬的报一看，几乎每天都有关于"中央代表"的新闻。尤其是关于欢迎会三位先生的演说词，足登了一个礼拜。褚先生对新疆省政治党务，都有批评，谓办得非常之好，虽未完全党化，而一切一切，都已三民主义了。姚先生也有讲词。焦先生并力劝大家注重体育。会场中充满了许多欢欣的空气，我们由报上还可以看到，惜我这里不能完全抄录下来。

　　三日午在阎厅长[1]公署中吃饭，这里还叫作建设厅，因为内地衙门名目换得太快了，边疆的人，实在有点赶不上。阎在新疆为资格最老的一人，杨增新遇害时，阎亦在座，身中

1　阎毓善（1872—1933），时任新疆省建设厅厅长，对新疆经济的发展，颇有功绩。——编注

四枪，均未中要害，有两颗子弹留肉中，时作痛。此次中法考察团来此，有医生手术甚高。阎闻之，乃求为之剖取子弹。褚先生亦是习医的，允为帮忙当助手，于是竟给阎把两颗子弹均取出，也可算阎君的大幸。因在此地有此机会，实是不容易的。昨日请客，阎因初割后未去，今特约在此便饭。阎极健谈，饭后竹战，有姚君参加。我们均先后回寓，过无聊之光阴。

自我们到迪化后，常有些卖古玩、古董的来，以古物求售，其价甚高，大半是玉石字画和敦煌经。在此买玉石和敦煌经，还有可说，而字画则都是口内来的，在此买它，似乎有些冤枉。褚先生买了许多前清给蒙古王公的诰封，还有些意思。此外他们买的皮包、地毡也很多，这些都是本地出产，他们乐于买下，以作纪念。

这几天德日进和我，于无可奈何中在附近作了两次小旅行。一次在南关，先在袁君处吃饭后，袁君借给我们马，到南关以南，看看第四纪地质，许多黄土，或似黄土的堆积。一次我们两人坐车往水磨沟，并由水磨沟东南行，直到侏罗纪煤层的地方，约有三四十里。水磨沟，以用水力推磨而得名，风景也很好。地有兵工厂一，听说兵工厂厂长为陕西人，前多日曾来一名片，表示候意。但因会见不便，至今终未见面。因在此仿佛只有厅长一流的人物或省当局特许的人，我们才得见，其他人士，仿佛不配见我们，所以无会见机会。此地无线电台台长王君，也是陕西人，互相知名，急于见我，然不便到蒋公馆来。有一天我因某君约，特至其寓去访，见后述及种种情形，使我真听所未听，闻所未闻，增加了不少的常识。

有一天，袁希渊君在南关吴某宅中设便食招待中法人士，袁君在此多年，地方情形十分熟悉，对付人也很拿手，我实在不胜佩服。学术界将来再有事西陲，组织领导之任，实非袁君不可。

由南关回寓，接到一个很好的消息，就是我们回平经西伯利亚的护照已办好拿来了。前已说过，我们到迪化不久，鉴于环境，乃决东返。东返自必取道西伯利亚，自必须要护照。这里请护照的手续，先向省府主席请示，请其允许发护照，允许之后，始分发外交特派员公署。在外交特派员公署把一切手续办好后，商请当地苏俄领事馆签字，签字后，退交外交特派员公署，才能由此领发。据一般人讲，这几道手续，都很不容易经过，即使允许而不驳回的话，最快还至少有十天半月的搁置。据说请一次护照，至快得一个多月，还要无什么意外事。我们既觉得以东归为宜，乃决照手续请护照。褚姚焦三位早到，早已请过。并且姚早就讲他的无问题，早已办好了，一旦到手立即单身独行。我们后到的三位，于上月星期日前后才去请，据说是不成问题，只要当局答应让我们走。但事实上，谁也没有把握。当我们自白杨沟回来之后，主席有回信，说是所请当然照准，已着速办。这第一关已过，其余只是时间问题，一喜非同小可。但姚焦二君的护照却发生了一点波折，听说他们请护照的职业，注的是"新疆外交顾问"，到了俄领事馆发生了疑问，说是报上载的各位大名是中央代表，姚君去拜领事的片子，又印的是军政部参事，前后分歧，不便照准。因此褚姚焦三君，颇彼此埋怨一下，幸外交特派员公署力为设法，主张换了前衔，以实报。于是终于八月五日这一天，六个护照一齐拿来。虽当下未成行，而成行的路条子已有，总可算告一段落了。至于请护照和拜领事等详情，惜我无工夫详为记述。此外还有多少多少的见见闻闻，也只有同样地付于不记了。

　　护照到手，东归已不成问题。乃于八月七日全体向金主席辞行，谢一切招待盛意。见面时，金主席颇感会之不易而

参加中法科学考察团漫记

281

别之速，还劝多住几天。下午与褚先生同游同乐公园以解闷，至鉴湖，某君招待坐船游湖中。亭阁如画，杨柳夹岸，颇为有趣。褚先生谈及将离迪化，尚未看到"秧哥子慰郎"，不胜其遗憾。某君闻而慨告奋勇，谓明日即可在此地看。原来新疆缠回有一种习俗，就是每年在八九月间，工作较闲时，有一种通俗跳舞，所表演的大都为男女相悦之事，缠语妇女叫秧哥子，所以名叫秧哥子慰郎。第二天上午，到德日进处谈东归事，德亦甚满意。下午即约大家上同乐公园，不料等了好久，不见动静。一会儿来了几个奏乐的，而无女子。一会儿来了两女子而乐人又去。两女所穿的并不是缠回式服装，已十二分汉化了，举止妖冶，一望知非正经人家。大家等得不耐烦，请其姑试一回，而竟说不会，并谓无论有无乐人均不会跳。褚、焦最后给她们照了几个相，竟自无结果而散，而一天又过了。

与迪化作别

八月九日，金主席又请客。计三星期来，每星期都在公署内吃饭，不过主客不同罢了。这天算是金主席饯别，并且只请中国人，有各重要官员作陪。吃的中国饭，共两桌，席

282

间又是一番应酬，自不消说。吃了一下午，江浙会馆又请去。原来那里在开平民医院筹备会，并代欢送中央代表，我们几个小人物，也附了一下骥。开会后，褚先生又有一大演说，足有一个钟头，把医院的过去和未来都说了。

十日上午，又到德日进处，因辞别在即，反彼此不胜其依依。我与德日进，自十八年以来，作了许多次长途旅行，在实验室中，我们彼此过从亦多，今一旦留他在此，固然法方终必有办法，然舍彼而去，终觉于心不快！彼谓如可能时，当作一二小旅行，因此地天主堂德国神父或可对他帮忙。他惟一愿望，就是能南登雪岭一看，我只有祝他计划可以实现。他说将来法方解决，不外留此专等西队到来，或一部分去接。果如此，则他能到南路的希望很少，从地质上的见地看，不能不算一大损失了。但我希望能全体去，可弥补我的遗憾。

由德日进处回寓，即收拾行李，金主席送给褚先生的礼物十分丰厚，无非地毡、玉石、皮毛、鹿茸、羚羊角等。就中送给蒋主席的最丰，其他亦有送给各部长、次长的，但并不如送褚姚焦三君之多。所送三君的东西，不分上下，因统以"中央代表"目之，自然是平等看待了。刘、郑和我亦沾了些光，紫羔皮筒子两件、玉章两块，即此礼物，虽为金主席盛意，我实觉受之有愧，但却之又不恭，只有留下。此外还送来一千两省票，不知何意，大约系零用的。听说褚先生等到省之初，金主席亦每人送四千两省票，此次东归旅费，全由省方面担任，听说另外还有许多优待，但未证实，似难相信。总之，金主席爱惜"中央代表"，真可谓无微不至了。此外各重要官员，也都有礼物送行，也是按等级分配，连袁希渊君也送了许多吃的东西。此次西来，学术成绩虽然很少，而礼物上竟是饱载而归，从某方面看来，也可算不虚此行了！

晚上坐上马车，由涂君领导到各重要衙署去辞行。刘君前本已决定一同东行，所请护照，亦已领到，但临时因尚欲工作，决仍留在此地，所以辞行时刘君未去。所到地方与初来拜客的地方差不多，不过有的只到门上留张名片，不曾进去。最后到法人所住的地方去辞行，但卜安、德日进及其他重要人物均未在，只与司机等几个人谈了一谈，并照了一个相。临别时，褚姚焦三君并付厨役等许多酒钱，系用他们三人名义，显然予我们未给钱的人以不好的面子。不过此等差役之坏，一言难尽，路上种种不幸事，虽另有别的原因，但此辈无知厨夫，也负一部分责任。今不加惩罚，反与所谓"酒钱"，何异奖励人作恶，我实在不愿如此，所以即使是面子上下不去，落一个杳蔷名，而精神上却很快活的。

晚饭在省党部魏君处吃，也是别宴。关于新疆党务，褚先生观察得很清白，有极中肯的批评，就是："有党而无党务，无党务而有党员……"

八月十一日这一天，的确是值得纪念的，这天所要走的路，虽仍向西，而事实上和心理上均已觉得是归途了。自七月十九日到迪化已三个星期多，虽也勉强做了些事，而大部分时间，消耗于无所事事，自己意志不能固定中，今居然有一天实行归去，颇感愉快。无论法方是否仍在继续进行，所谓参加中法科学考察团者，至此已告结束矣。

清早招待处还备整席送行，省当局招待之周，真令人难忘。关于起行计划，由省到塔城，由省派汽车送，汽车前两日省府已指定，早上即来，但行李太多装不下，计只褚姚焦三君的东西和礼物等，已有二十多麻布大包，其结果须要第三辆汽车，因此等了又等，直至中午，第三辆汽车才来把东西装下。

午间金主席亲到招待处送行，金主席出门，威仪甚盛，惟所乘亦为俄国式大马车。袁君因我们要走，也来相送。我比袁君来得晚，而反走得早，袁君虽一再希望我能留此为西北科学考察团工作，但是环境不能允许，只有辜负盛意罢了！

下午一点，始得出迪化城，沿街悬旗欢送，为中央代表助趣不少。至西关同乐公园，各厅长等还在那里设茶点饯别，道旁有数百军士立正送行，军乐洋洋，颇为壮观。各厅长自早起即等候，一个个到此时肚子都饿了。我们此时也未吃午饭，于是就在此吃了些缠头饼和饭。此时装行李的车因事又要换车，又因途中有了毛病，大为延误，直至下午四点，始得把一切置好，正式起行。一共三辆汽车，两辆车载行李，一辆车坐人，另有护送兵士五人，分坐在那两个行李车上。

车出南关后，在大道上行走，迪化附近的景致渐渐向后推移，博克达雪山愈走愈远，总算是离开迪化了。天下事每出人意料，当初觉得无论如何，大致照所预定的路线走，一定走天山南麓，一行由爬车东归。但如今天山南麓不能去，而竟要借道俄国东归了。可是转念一想，借此看看天山北麓，也算不错，不过新疆的俗话说："吐鲁番的葡萄哈密瓜，库车的秧哥子一枝花。"前两地均已领教过了，独这以秧哥子著名的库车，竟不得去，未免令人有美中不足之感，不胜其遗憾！

起身后，最令我不能忘的为袁君，袁君虽说不日可以起身，但不知究竟何日。又有使我不能忘的为刘君，刘君本定同行，忽中止，或者仍加入法人方面工作，或者与袁君偕归。

但就早上情形看，法人卜安初欢迎刘君，褚亦赞成，后卜忽表示拒绝，谓搬至法人处可以稍缓。大约刘君或要搬到袁君处住，省方以后对刘君，当然不会像褚、姚、焦诸君在此时看待。至其中还有许多内幕，惜我知道一点而不详，也只有不说。总之刘君继续奋斗的精神，极可佩服，可惜不察眼前环境，恐不免还会有闷气吃。

是日因起身太迟，行九十里到昌吉县城。因天气已不早即住下，入街后，不久即见有一家店门挂红彩，系事先预备的地方。店很简单，其结构与陕甘一带的店极相似。

塔城闻见

到店后，与焦君进城南门，略一散步即返，市民对我们特别注意。回店后，县知事正与褚先生谈话，县知事不料我们在此住，以为以此为过站，所以设备颇简率。十二日由昌吉起身，不久即过一大河。河水深极，不易过，由马拉车，始得平安过去。河名大西河。所经地，为一大黄土平原，南为戈壁，北为准噶尔大低盆地，地形极为简单。以南天山在望，层峦叠嶂，惜均无福，不能实际一观，殊为憾事。行一百余里，过一河，较大西河为小。再西即到绥来县，入街后，两边全城学校学生与军队排队相接，市上亦遍挂国旗、党旗。县知事等导我等到一史姓家中住，因史为本地一巨富，房屋极为华丽，屋内陈设亦应有尽有。县知事及地方各机关均竭诚招待，各校排队至院中请褚先生校阅训话。褚先生虽自迪化出发以来，身体不大舒服，但亦力疾致辞。吃饭后，姚君忽提议要看秧哥子慰郎，县知事慨允，即招乡约组织，夜间即在庭中演舞，其大致均男女相悦之跳舞，不过为调情舞，以手足及目示意，而并不相搂抱，像社交舞一样。有几个跳得很好，惟女人中来的只有二位年纪很大的和三位年纪很小的，因妙年女子多不肯来，褚先生目之为烧头尾，以不获睹中段为憾。

十三日早，褚先生本还想再看一回慰郎，借以照电影，而增加旅途材料，但姚君赶路心切，立即起行，遂作罢。此日过了好几道大河，最大的即为绥来县附近的玛纳斯河，现正在修一大桥，以利交通。过了好几个大平原和以北盆地的边缘，大半为丛林，风景多可观。据说以北丛林深处，尚有虎及其他野兽。走了三百五十里，到乌苏县。距乌苏不远的河水很大，天又将黑，幸县中派人来接，引路过去。在乌苏的招待和绥来差不多，惟所在为一缠回家。县知事为湖南人，年事已高，双目又失明，但官兴还很浓。

自省城到乌苏，为大道分岔的地方，向南大道通伊犁，向北偏西则通塔城。十四日早，我们即取此道起身，向北横穿盆地，回看天山之雪，尚高耸云表，而我们此时真要与之告别了，不胜依依。向北行过头台车排子、小草湖到三台则，已有小山岭，再北横穿此山岭而到庙儿沟。天已暮，但据此地电报局人讲，以北二十里有地方可住，乃再行，至二十里泉。此地某哈萨人为本地大地主，手下并有许多民团归其指挥，俨然是一方大王。他为我们立刻在空地支起新的蒙古包，里边一切十分洁净。听说金主席的儿子去德国时，亦在此过夜，住在此蒙古包中。彼又为我们杀羊，夜间即吃那所谓抓饭。但大家长途疲倦，多早休息，皆不能好好地吃，未免有负盛意。

十五日早起身，仍在山中行，有一部分山势且高，路亦很窄狭，将至坨里时，始出山再入平原。此地方有人悬彩招待，盖省上公文一行，沿途皆知，都当大差使迎送。再前即至额敏县城，县知事招待特别殷勤，另由塔城来的某君，系奉塔城行政长官命令来此迎接者。午饭后即起身，县知事送数十里始别去。我们一行至下午三点即到塔城，黎行政长以下许多人均在街头相接，我们随即到所预备的地方一商会中住下。

上：汽车渡河（昌吉以西）

中：绥来县建筑中之桥

下：二十里泉所住之蒙古包

左上：塔城哈萨人吃抓饭

右上：哈萨妇女

下 ：塔城欢迎褚先生之盛会

计由乌苏到此，共七百八十里，由省至此，约一千四百里。未由省起身前，一般人都说两天可到，但我们竟走了五天才到。

塔城缠人名喀什卡克，为新疆西北一重镇，商务颇称繁盛，各种民族杂居，汉人也不少，经商者以天津人尤多。南北不远皆有山地，中为一小平原，又有河流穿过，所以附近土地还算很好。十六日上午洗过澡，即游览街市及附近大地主的几个大园子。原来此地有钱的哈萨多有大园子，广植树木花草，既可游息，又可生财，一举两得，有几个布置楚楚，极为可观。街面上商务也很盛，俄国货物充满市面，一切消息，十九都是仰给于俄国。至于我们行期，因褚先生到塔城后，病并不减轻，为慎重起见，非休息几天不可，行期因之未定。由此到最近铁道站——阿牙古斯——尚有六七百里路。至该地之方法有三：一可乘俄国飞机，四点钟即到；次可坐俄国汽车，一日可到；其次则坐大马车。乘飞机、坐汽车，据说都比较可以办到，但多数意见主张坐马车。马车虽慢，但可以看看山景，所以我虽有些怀疑原提议，而却有相当的赞成。

到塔城后，本地长官人士，均作破格的欢迎。头一天黎行政长[1]借巴依园子请客，有当地重要人物作陪，不但有盛饭可吃，再有秧哥子慰郎可看。缠头音乐、拳斗、杂耍等等玩意，由正午一直至薄暮，始尽欢而散。第二天为县知事设宴招待，除以前有的东西而外，还有大戏一台，分两班子表演。一是秦腔一类的乱谈，一是走马式的小调，班主不时来请点拿手戏。一切习俗举动，前二十余年见之于我的故乡，不期此时竟在此也看到，盖因此地一切汉人文化，系缘西安兰州大道西上。距离虽远，而习俗语言，反很相近。

这两天的盛会，褚先生因病体未愈，只第一天的会来看了一下就走了，其次均未来看。褚先生病虽不算怎样重，只是身体有些发热。黎行政长极为关心，驻斜米巴拉丁斯克的中国领事牟君正也在此，亦极为帮忙，请苏俄使领馆某有名医生诊视。一二天之后，病始告痊愈。到八月十九日，塔城各界欢迎"中央代表"，褚先生已能亲身参加。此日由黎行政长主席，宣布开会，并对褚、姚、焦诸君表示特别欢迎与敬意。褚先生旋即演说，演词非常长，且由当地某君译为缠语，以

1　应为黎海如（1885—1933），国民革命军陆军中将，时任塔城都统兼行政长。——编注

求普遍。褚先生词中对新疆现在省当局方面，及金主席以下各位维持西北、保障西北的功勋，极表崇敬。以后焦亦有演说，对汉回关系颇有发挥。演说完后，吃饭，仍是从下马点心吃起，并有缠回跳舞助兴，至天黑始散回寓。

褚先生病愈后，不但到各处游览，照例取其册子请人签名，并且写字。惜此地知褚先生能书者不如迪化之多，故褚先生在此地写字有限。我们一行在此流连了好几天，惟对于行期，始终未定。初因褚先生有病，现病已好，始决即日起身。雇车等事，均有黎行政长料理，省事已极。经好几次商议结果，始定二十一日起身。起身前，尚有一事足记者，就是在塔城的外交上的应酬。原来塔城驻有苏俄领事，莫斯科派中亚细亚外交专员某近亦在此。斜米巴拉丁斯克中国领事亦来。新疆当局与苏俄，在此显有外交上或其他事务待决，毫无疑义。惜我们不大明白，不能过问，亦不便过问。褚先生等颇觉在此有拜会一次之必要，非正式的会见，当黎行政长请吃饭时已见过。此日除姚君外，大家全前去，专与俄外交特派员及领事会见。此外交特派员言辞锋利，态度闲适，一望而知其为一外交人才。席间彼极力表示中俄之关系，彼谓无论中国情形如何，无论中国对苏俄态度如何，苏俄对中国民族则极恳切注意，而表示亲善。彼并详细询问中法科学考察团之经过，及路上发生纠纷的情形，褚先生皆有详细答复，并表示中俄关系之语，但不十分针对。苏俄外交特派员并表示在其国境内，当可尽量予以方便，且劝乘飞机前往，褚亦允考虑。辞出后，会商结果，仍决乘马车。因一切已预备好，不便更改，对苏方盛意，则派人道谢。

二十日，为在塔城最后一日之流连。早上去洗澡一回，该澡堂为回人所开，系蒸汽澡，入内脱衣后，至一温度极高室中，不久即出汗。然后随意用冷热水冲洗。我因洗不惯，只草草了事。洗完后，出闲游街市，并买了一二件小东西，以作来此的纪念。连日因天雨，街上非常泥泞，但一到俄人从前的租界地，则较好。晚间商会会长在某银行中请吃晚饭，又是一番应酬，而这一天也就如此过去了。当初由迪化动身时，绝不料在塔城会留这许多日子，但事实竟是如此。至我们在此情形，省当局亦均知道，并有电述及省东军事消息，说是很胜利，不久就可解决。此地种种宴会及欢迎会，正和在省一样，我一点不感到兴趣。因我非党国要人，参加此等会，实益增惭愧。所以能早日起身，早到北平，为我惟一的愿望，别的事只有付之一笑罢了。

终归又混到我们要离开此地的一天。十一日由迪化起身，廿一日又由塔城起身。由此起程，更多一番意义，就是又要离开中国了。自十八年二月回国以来，现在又要去国，看看苏俄的情形。是日早四点即起床，收拾一切，但因人多行李多的关系，直到十点才能出发。马车五辆先行，我们及送行的黎行政长等乘前来的汽车前去。开至街市尽头，当地人士代表排列送行，并备有点心、香槟酒，大家喝过后，即谢盛意，再登车前行。道在一平原上，两边山岭，均历历在望。由塔城到巴克图卡，约四十里，一点多钟即到。到巴克图后，仍有中国把关人员迎接，并备茶点。据说往西再过四五个电杆，便是俄界。此地中俄交界，在平原上，一旦有事，无险可守。当初国界在以西数百里，国界日蹙，差不多是各处边界极平常的现象，言之令人痛心。

休息片刻后即前行，果过几个电杆即入俄境。中国电杆直插入地中，俄国电杆则用两石碑夹起，十分坚固，因之极易分别。过界不远，就是俄国驻守所。守关卡的俄兵站为洋式，并有无线电台、守望台等。以我国关卡相比，有天渊之别。在此只看了看护照，黎行政长及牟领事均同来，彼等均有正式护照，毫无困难，即上车再行。一里多路，才是苇塘子，为俄领一小镇，所设关卡，均在此地。至关上后，俄方招待很周到，塔城俄领事及苏俄外交特派员亦均来此，俄领事领我们到他的寓所，验行李的事，由黎行政长派的人替我们照料。

十一天的去国

俄领事住的地方，离关卡不远，房虽简陋，而十分整洁，除外交特派员外，尚有一俄商人在座。彼等招待吃午饭，备有酒、鸡子及冷罐头等，听说都是由塔城带来的。席间由俄领事致辞，述欢迎及欢送之意，关于中俄关系，亦多暗示，与外交特派员（彼临时退席）之态度完全一样。褚先生亦有答词。吃毕后，褚先生尚留此，我们返至关上看行李，因沿途不用的行李及照相机、中币等，均须在此封以铅弹，以免沿途重验。临往领事处去时，褚先生及大家公推褚先生之秘书帮同塔城派来人照料，我们当然十分放心。不料及我们到后，我之行李完全未封以铅弹，我向之询问原因，回说是不为我当听差，语甚负气，大有动武之势。中国人彼此合作精神与组织，于此已可见一斑，夫尚何言。乃设法补封，封后，马车夫之马尚未喂完，褚先生亦未到，还不能动身。直等到下午六点，

参加中法科学考察团漫记

297

马也喂好了，褚先生也来了，这才起身。起身时，与苏俄领事、外交特派员及黎行政长、牟领事作别，再向西进行。

出发时，东望祖国，颇生了不少的感想。最深刻的感触是此次我们去国，纯为假道性质，本非必要，但因国境内交通不便，必须如此。正和云南人由北京回云南，要取道安南一样。国家交通如斯，思之殊可惭愧！国土交界地方，我国方面并无若何国防设备，而俄方此地，有无线电台，有飞机厂，有汽车站。汽车路直通中亚细亚铁道，此铁道即约略与我国国界相平行，用意可知。听说由莫斯科开兵到边境，一星期可到，返视我国情形，真令人不敢设想了！中俄目下外交关系，是没有恢复国交的国家，但新疆与苏俄外交，曾在十八年中东路有事时尚照常，这当然是局部事实问题。但苏俄外交，对于中亚细亚一区，显另用方法对付，无可疑义，此方针将来为祸为福，亦颇堪细思……

起身后，马车前后相接，褚先生一人一车，姚郑二君一车，焦与我一车，送我们直到斜米巴拉丁斯克的某君与行李一车，另一车专装行李，排起来也可谓之浩浩荡荡。起身后不久，日已西落，前行路虽大致尚平，但也渐高，附近有小丘陵，方向大致向西北。时月色很好，旷野中，颇饶意趣，但坐上马车旅行，实又是一种滋味。走的有二十七公里，附近一地，名叫阿达街，车夫就在旷野中停下喂马，我们也就在车中过夜，草草一晚。

一夜既未曾睡觉，所以次日也无所谓起来。今日为二十二日，系父亲生辰，不料我仍是天涯飘零地生活。东望故乡，不禁唏嘘，但为着前途，也只有奋向西去。早行三十三公里，到一地名木汉其，在此又喂马。喂马一次，须三四个钟头。下午行二十五公里，到一地名巴尔呼伯，因天已晚，即在此住下。所住小店为哈萨人家，主妇的丈夫于多日前被捉去，现尚不知下落。沿途没有卖东西的，我们吃的为黎行政长在塔城预备的面包、牛油和火腿、炒咸菜等，所以每到一地，要些开水便可吃一顿饭。这夜在此，也是一样。入俄境后，夜间一切感觉极苦而荒凉。一般人看到面包，真视同珍宝。吃完饭即休息，我昨夜未睡好，又怕在外边受凉，乃睡在屋子里边，因未带床，只把单子在地上一铺便睡。不想愈要睡愈睡不着，遍身发痒，初尚能隐忍，终至不可耐。用手电灯一视，遍地遍墙都是大臭虫，杂以小毛虫，使白墙几成了黑墙。这样多的臭虫，实为生平所未见，乃跑出去把单子收拾一收拾，又倒在车上去睡，仍是一夜不曾睡好，又到第二天了。

二十三日，清早吃了些面包，即起身，行十八公里，到吴儿街，地方较大。行二十五公里，到一棵树，又休息很久。但是夜却连夜行走。地多沙子，因竭一夜之力，才走了三十三公里，到一地名吉土巴悍。到时，天已大明。此地临河，又有小山，在河畔洗脸后，吃早点，随即又行三十三公里，到阿尔河儿，亦有一河。下午走了二十七公里，到吉阿斯他斯，又大休息。夜间走了二十五公里。第二天早上到一地名阿姨，早休息后，行二十七公里，到清河涧。下午走了三十三公里，便到了火车站附近的阿牙古斯。计自二十一日由塔城起身，二十五日到阿牙古斯，走了五天，共计约三百公里。所过地方，大半为平原，大部分相当于准噶尔盆地的低地而不是戈壁。戈壁地形，在有几处还可以看到。大道以南，时有山脉连绵，至阿牙古斯附近始消灭。真正有岩石的地方，也过过几处，惜因旅途匆匆，不能如意调查，所以可以说一无所得。至由塔城至阿牙古斯，全通汽车，沿途大地方均有无线电台，可见苏俄建设，的确是很有进步，不只是空谈。

　　如今我且略一述在阿牙古斯的情形。当我们到阿牙古斯附近时，天已渐黑，远望有一群有电灯的地方，听说就是车站。但市镇距车站尚有数里，当时颇不知该向何处去。经相当犹豫，始决向市镇。行不久，有二兵即赶问我们是不是由苇塘子来的。相谈之后，始知他们是地方政府派来接我们的。二兵带我们到一地方，是预备招待我们的。一会儿来了许多人，大半都是本地方政府代表、公安局局长及其他重要人员。俄代表声称地方政府主席因病未能来。又说自接苇塘子电预备招待，每日派人去接，终未接到。此地人士对我们如此招待，真可感谢。他们都是哈萨人。阿牙古斯为哈萨共和国之一部，也就是苏维埃联邦之一。一切政治上人员，多为哈萨人，但监督指导与较有实权之事，俱是俄人。我们于吃过招待盛馔后即休息。所备饭甚丰富，所住地方虽小，而十分整洁，在此等地方，实亦不可多得。

二十六日上午，去拜访地方政府主席。主席很年轻，和其他政府委员一样，都是有些工人气派，一望而知其为无产阶级所组的政府。午饭后，即收拾起身，一切买票和过行李等事，赖他们帮忙，省事不少。车站一切，尚在新建中，处处可以看出其新的向上的发展。惟车站上的人非常多，男女衣服整齐者很少，也似乎没有什么秩序。若在此无本地人和塔城来的人帮助，我们可以说无法上车。车到后，特别给我们预备一辆，放上行李后，地方还宽敞。惟卧地只有三个，褚、

参加中法科学考察团漫记

301

姚、郑各占一个，焦支起所带来的木床，也能舒服地睡，其结果只有我一人没有地方可睡。但自觉能得一位置，也算侥幸，人贵知足，何必多求。一会儿送我们的人已走，精神上渐感觉一种愉快，就是觉得行程又进步了一段。车开之后，望着这伟大的平原，并回想在阿牙古斯短期间的见闻，深觉此地已有种新气象，已非我们之西北所能与之比拟。倘我们再不努力，只怕只有永久地落伍了！车行不久，日已西落，但尚有月色，可以望望两边夜景。第二日早，不到九点，即到斜米巴拉丁斯克。为一大城市，附近有大河向北流，已为北冰洋水系。此地有中国领事馆，前在塔城所遇之牟领事，即为此地领事。因黎牟早已通知此地，副领事刘君及馆员均来招待。照原定计划在此下车，再搭别的车北上。车上打听得这一次车，北到新西伯利亚城，大家急于赶路，乃托使馆诸位交涉，再搭此车北上，以免行李上下麻烦。结果可以办到，惟十一点始开车，遂到中国领事馆吃午饭。领事馆房屋很整齐，在此始看到较近的北平、天津报纸，才知道国内一点关于中法科学考察团的消息和论调。十一点由斜米巴拉丁斯克起身，除由塔城派送我们的仍同行外，领馆又派一位熟悉新西伯利亚情形的同行。我们坐的车仍是那一辆，夜间仍是过那半坐半睡的生活。惟地已偏北，天气渐冷，夜寒侵人，比之前夜，已有些不大能够支持了。我为行李简便计，且以为车上用不着带铺盖，所以把行李在阿牙古斯俱挂了号了。同行中有带衣服很多的，大有不愿借用之势，我亦不愿与之费唇舌，一夜也就这样地过了。

二十八日清早，本就应到新西伯利亚城，因车误点，到十一点左右始到。在此得到最令人满意的消息，就是当日下午八点半，就有由西向东到满洲里的大通车。因为我们的车是包车，所以一切行李均放在车上，得以从容打听一切。更因为有送我们的二位帮忙，所以得免去一切困难。此地车站上的情形，虽不如阿牙古斯的纷乱，但人民贫穷的样子和车站上人等车的情况，和在国内许多地方实差不多。因尚有半天时间，乃与褚先生等到城内一游，直走到中央饭店那里，并吃了一顿午饭。自塔城至此，除在阿牙古斯由地方政府招待和在斜米巴拉丁斯克在中国领事馆吃了一回正式饭外，余都吃的是由塔城所带来的面包、干菜。在此能吃一顿热饭，所以实在高兴。以前听得人说，吃饭须先买票，但因我们所到的是较阔的饭铺，因而免去了此等手续。又在塔城听说干粮须带到满洲里为止，及到此打听，知大通车上确有饭车，遂把所剩的面包全给看车的那位妇人留下。

　　新西伯利亚城为西伯利亚一大城，因为铁路交叉，所以位置尤重要，惜我们留的时间有限，不能作进一步的观察。表面看来，人民虽十分疾苦，而公共事业方面，确很进步。下午六点即到车站，搬行李找不到脚行，只有自己动手。车站上闲人很多，易丢东西，因之格外小心。到八点半车来，即上车与送我们来的二位作别。此次由新疆取道西伯利亚回国，途中赖他二位，得免去许多困难，而他们对我们之帮助周到，尤令人感谢不尽。车为万国通车，坐的是二等，很舒适。开车之后，觉得一切困难均已过去了。因此车直到满洲里，一入国境，就同到家了一样。

　　我于十八年二月由德返国时，取道西伯利亚，所以由新西伯利亚起向东的旅程，可以说是重游。但一因那时候为严冬，现在为初秋晚夏，二因火车时间的关系，所以从前夜间经过的地方，现在白天经过，从前白天经过的，现在夜间经过，因此对所看到的，仍是很新鲜。总计由二十八日夜从新西伯利亚起身，二十九日过上乌金斯克、克然奴牙儿斯克、堪斯克等地。三十日过伊尔库茨克及贝加尔湖。三十一日过赤塔，至九月一日早，始到满洲里。在此数日中，除夜间睡于车上外，白天则尽量地看两边的景致。大多数地方为森林，风景十分好，尤令人感念不忘。印象最深的是薄暮过贝加尔湖畔，这时正有很好的月亮，月明，湖光，山静……清雅的富于诗意的景致，使我毕生不能忘记。

计自八月二十一日由塔城起身，至九月二日早到满洲里，恰在俄境过了十一日。此十一日所经路线之长，几倍于由北平直至新疆。交通的比较，真是天渊。至所得的感想，因旅程很快，没有多少可记。不过就由苇塘子到新西伯利亚一带的情形看，物质建设方面，实有伟大的进步，而民众之苦，却一仍如昔。但大体言之，总算有进步的国家，较我们只说大话，毫无办法的国家强得多。我的感想正与我第一次过俄国时相同。国家政事，如盖房子，什么房子都可以住，都可以避风雨，只怕议论纷纭，相争不下，而任住房子的人老在风雨中过日子！

又回到北平

依行车表，早九点即可到满洲里，但因三十日在伊尔库茨克误点，终未能完全补上，故于十一点才到。未到满洲里前，照例验护照，并查行李。但我们的行李并未查验，车中人争在此以所余俄钞换哈洋，一卢布可换两元哈洋。我们所余的钱，则悉数兑回斜米巴拉丁斯克。到站以后，有满洲里军政长官来接，在新疆的那一套把戏，势又须重演。转行李等事，亦由他们帮忙。我们至站吃茶点，由此买票到哈尔滨，须个人出钱。我因钱不足，向褚先生借了若干。据说新疆省政府在哈埠给每人还兑有大洋三百元，如能收到，当然用不了。但我合计借得之洋，已勉强可够，所以无论收到与否，决不至影响我的旅程了。

因西伯利亚车误点，中东路车也连带误点。十二点多上车南行，眼中所见，自又是一番景象。西望天际，戈壁仍可看到。我已自戈壁西端之西跑到戈壁东边之东了！此时心中又是一番感触。沿路各站，均有军乐欢迎褚先生，褚先生尽忙于招待，我愿毕生不作阔人，以免受此无谓之招待。夜过兴安岭，以不得看两旁景象为憾。二日早八点，车到哈尔滨。褚、姚、焦因买票到长春，即转车行。我则留此小游，拟搭晚车南下。此次中法科学考察团团员褚姚焦三君，为政府要人，我能与之同行，名义上虽为荣誉，而事实上实为不幸。因考察上处处发生阻碍与困难，固非三君之过，但三君在名义上、职务上，均为不可免责之人。既不能防事变于前，又不能尽职责以图

306

善后于途中于后，以致演成如此结果，实为遗憾。今能一旦与三君相别，精神上自觉愉快，为三四月来所未有。

我第一次过哈尔滨时，为十八年回国。二次系十九年春与德日进。今我又来哈埠，而德日进尚留迪化，与不可预知的命运苦斗，殊可令人生感。下车后，把行李存放在车站，先找一地方洗澡、理发。随后到旅行社把由哈尔滨到北平的车票买好，又至街市闲游，并修理我的手表。因所戴的表，自出发后一月，即停止不走，今能再把表修好备用，从此不再过无时间单位的生活。晚间由街市步行归来，途中遇在北平做修理化石工作之王存意，相谈之下，始知他与尹建勋先生同来此，在附近采掘化石，并由彼得知北平工作情形，快慰非常。后乃同彼到文物维持会，去找尹君。不料至则尹君已他出，看看报纸，借知国家情形。大概无非内争、外患、水灾一类的新闻，可令人太息。时距开车不远，乃到车站上车，王君亦同去。行李简单，一切很容易布置，就绪后，乃促王返，独留车中。但不到一刻钟，尹君与王同来。尹君在里昂习地质，只闻名而未见面，在此相逢，真算快事。彼谈采集情形，十分丰富，惜因时促，不能下车一看。车不久即蠕蠕行动，乃与尹君作别。车中一夜，九月三日即到长春，再换上南满车。车上及沿线一切，看出日人之蛮横，与在东省势力之伟大。下午一点到辽宁，大通快车，夜十二点许有，但下午三点有一列车赴平，惟无二等车。为缩短途中无聊计，决上下午三点的车。从此上车以后的情形，还和我十八年过此的时候差不多，看不出何等进步。过打虎山后，因多走过一次，印象较深。似睡非睡，又过一夜。至四日早过山海关，此时有说不出的一种浮浅的感触：不久我离了嘉峪关向西，曾几何时，又跑到长城东端的山海关了。下午三点半到北平。到寓之后，见家中自母亲以下均都安好，并多了一个新孝，就是我的四婶已不幸病故了。计自五月十二日，由北平起身，至九月四日到北平，费时一百一十六日。所过地方，仅计中国境内，自北平至塔城约三千九百余公里。自北平至满洲里，二千一百九十八公里。而我所得目前能述之于笔端的，也不过如此。愿不久仍能再有西北之行，以弥补此次的遗憾。

参加中法科学考察团的总感想

一

我既将由北平起身，参加中法科学考察团，经张家口、百灵庙、额济纳河、酒泉、哈密、吐鲁番、迪化、塔城，以至取道西伯利亚回到北平途中的所见所闻，用剖面式的方法记述下来，但搁笔之后，尚有不能已于言者。

既云是切面式的方法，当然不能将所有所见所闻，一一由毫端形之纸上，不过只择有剖面价值的择要记载。有些亦因兴所至，或简或详不等。有许多有趣的资料，或将永有于我的脑海中，而无与读者见面的机会。又因为时间所限，仍免不了日记式的毛病，所以关于事的记载，仍嫌凌乱而无系统。

文中所记事实，均沿途偷暇所记。仅只就当时见闻所及而记之，不一定于重要的事实满不遗漏。如郝君被打时之情形，据褚先生以后告诉我，郝君通过照相地方，卜安严阻，郝君说："中国地方，不让中国人走吗？"及褚先生解劝，郝君说："我不像你一样当亡国奴！"均未在该段记出。因我当时并不明了这样情形。又中法科学考察团途中发生种种不幸事件的背景，我自加入一直到迪化，完全在梦中。虽看出一点，然究不明所以然，因而对中法纷纠真相，愧未能尽情宣布。好在这并不是我的责任，所以付之阙如，也不要紧。

此外我觉得几万言的记账似的游记，没有一点结论，未免使读者生厌。今将我参加此次考察团回来所得的总感想，简志下来，权当结论罢！

二、对于中法纷纠的感想

这一次中法科学考察团的结果，无论法人单方由喀什东归途中怎么样，但在这块招牌之下，其结果不能认为圆满，乃是一般所公认的。其纷纠并不限于郝君在哈也尔阿马脱被辱一事，自北平出发，至迪化中法两方分手为止，几无一重要地方不发生纠纷，亦无一日不在双方暗斗之中。北平为挂旗问题，张家口为照电影问题，百灵庙为坐车问题，乃至酒泉、哈密、吐鲁番、迪化，都是双方大办其交涉。不过酒泉以后，大半交涉由地方当局出头办罢了。因此纯粹的科学考察，遂大蒙其影响，至今回思，尤有余憾。不过究竟谁是谁非，我既不能把真相尽情地宣布——我也不大知道，自无从下确切的判断。不过就我已知的那一点情形来观察，可以有如下的感想。

法国人方面的错误。此次中法科学考察团所以弄出许多笑话，其最大错误，当由法人负责。许多事不应该做，如由北平一开车不挂中国旗，途中饮食上对中国人歧视，及随地随时侮蔑中国团长的态度，均为发生不幸事件的原因，或至少是导火线。卜安年尚轻，对中国情形不熟悉，事事借重其会说中国话的俄人裴筹。但裴筹虽会中国话，中国情形亦知道不少，但大半于中国下流社会的坏方法、坏毛病很精通，而真正之情形，尚有不能入门者。裴以下又用许多洋奴式的中国人，于是更为坏事之由。至于其他工程师以下，乃至机械工人等，凡参加非洲旅行或曾到过殖民地的，因已受此等熏染，当然态度上有些讨厌。就是少数工人，本是可好可坏的，一有"大家"传授，自然形成普遍的轻视中方的空气了。然而失败的最大原因，还不在此。德日进在迪化告诉我，他们机械的人数太超过于考察的人了。他们一共十八个人，除卜安为队长、德日进为地质家、雷猛为自然科学家而外，其余人全为修车的、开车的、照电影的、打无线电的。脚比头重，当然不会有好结果。

我国人方面的错误。世上许多纠纷，往往不是一方面的错误造成的。中法科学考察团事件也是如此。我们方面的错误很多，姑简要一述：（一）事前无充分准备。自准备参加，至由百灵庙正式动身，从未曾全体团员聚集一起，商议如何进行及行装预备等。百灵庙两方因行李多少之冲突，大原因即由于此。（二）参加人员与法方犯同一毛病，真有学术兴会者太少。查中国团员共八人，团长褚先生为医学家，姚焦二君为军事家，郑君为褚之秘书，周为新闻家，刘君为植物家，我则从事地质。以号称科学考察之团体，而如此组织，大多数人途中无真正工作可做，自然难有良好的结果。（三）以上所述，尚不是最重要的。最痛心的乃是自将出发以至到东三省分散，团员中常坚持反对中法科学考察团组织问题，以为根本上即不当有此组织。查此团体之是否应当组织，及是否应当与法人合作，做此旅行，当然为另一问题，我在此不愿发表意见。此项事件之决定，自当在出发以前。如不赞成，为国家计，自应反对，起码限度，个人不合作。乃出发前不见反对，而又奉中央命令参加，号称团员之一。乃至中途，时时反对，此等举动，在伦理上、法理上、人情上都不可通。尤可笑的是许多纠纷，名义上虽有极正当的借口，而一细推究竟，莫不有极卑污的背景。大半不出吃醋争风一类的事情，令人不忍形容之于笔。少数团员，抛弃其本身责任，徒放其似是而非不负责的言论。彼此又极其钩心斗角、互相猜忌、互相利用，一如我国官场之卑污伎俩。此中曲曲折折、详细情节，自北平出发，到北平分手，几无日无之，无地不有。若一一详记，适足以污我之笔。这样的情形，怎么会有好的下场呢？

三、西北的危急

西北的危急，不亚于东北，这是一般人都知道的。外蒙古事实上已不是我国土地了。十九年我参加中亚考察团，到二连以东一带地方时，因逼近外蒙交界，便时时有戒心。因外蒙对其边界出入颇注意，没有护照绝对不能通行。因此内地内蒙由张家口至外蒙商务，完全陷于停顿状态。这一回由百灵庙向西到额济纳河畔一段路，有许多地方极与外蒙边界相近。据汉人商家讲，绝对不许入外蒙一步，在边界上节节有卡子防守，因之对于外蒙的商务，也很凋零。

由额济纳河南绕，经酒泉到哈密，去外蒙界远一点了，看不到这一伤心事，但又有一伤心事来给我看，就是回汉的争斗，在甘肃斗了多年，至今未见平息。至哈密近郊又遇到官军与缠回交战……凡此种种，都是西北不可乐观的事情。凡熟悉和关心西北的人，都是承认的。

到新疆后，似乎汉人势力大些，哈密以西地方也平静些，但事实上也绝对不能乐观。第一，从商业上看，大部分成了苏俄的殖民，剩下一部分又为英国夺去，汉人的经济力是微乎其微的。从哈密起，到由塔城出国境为止，所有日用品，如布匹、烟酒乃至吃的糖果、饼干，都是由俄国运来的。饼干上再印有宣传一类的标语。新疆本省的土产也是十九向西行，而不向东运。就商业上，外货充斥、国产品凋零的情形，不亚于津沪等通商口岸。换言之，也是半殖民地化了。

第二，新疆与蒙古比，汉人比较多，而统治阶级的人尤多为汉人。其他汉人，虽为商人或其他职业，但地位上是优越的,超出于被治的民族如缠回、哈萨、蒙古等。换句话来说,名义上虽说新疆是个行省,而由许多方面看,实是殖民地性。但是讲到民俗习惯,汉人莫不习于淫侈恶腐,而被统治者反多可取之点。如缠回率皆不吸任何烟草,汉人则大半无论男妇皆为瘾君子;回人妇皆天足,而汉妇还是缠脚;回人多讲清洁,虽很穷的家庭,十分陋鄙,而却很洁净,汉人则处处表现其污臭。诸如此类,难以枚举。统观世界上民族,凡被统治的习性,莫不劣于统治者,但在新疆,适得其反。其所以能如此,乃是以前征服时的余威,即是祖先的阴德。但此等情形,决难长久下去。况以西门户已开,西北有苏俄,西南有英属地方,而新回每年往君士坦丁堡"朝汉"(即拜回教里地)吸收新土耳其文化思想的很多。若本地汉人不知觉悟,中央不想办法,必有溃烂的一天。但我的意思,不是说汉人充实起来,涸愚其他民族,乃是希望汉人一方面自己努力向上,一方面亦对其他民族以平等待遇,共同建于共和原则之上。惟如此,才能消隐患于无形。

第三,便是西北的边防。由我们自北平至新疆的经过看,就可知由内地至新疆交通的困难。西安—兰州—星星峡大道,久因兵匪缘故,不十分通畅,所以反不如走草地平妥。反观由新至英俄交通，尤其是到俄国的交通，则十分便利。沿新疆而北有一条铁路，绕着重要的地方，且有支路，蒙古也自然是如此。单就塔城讲，塔城至迪化虽可通汽车，但路并未修，并不容易走，且只限于官用。由塔城至阿牙古斯，则不但有汽车路，且苏俄的苇塘子还有飞机场，无线电更不消说。据说一旦有事，莫斯科的兵一星期内可到塔城，这是多么危险的事。年来国人习于内争，内政不修，国防不理，东北边事，固可痛心；但沿中国边界，无一处没有不发此等同样事件的可能。国人如再梦梦，那当然有应得之咎。天助自助者，我不努力，岂更能禁止人不努力。

四、爬行汽车与西北交通

西北的危急，既如上述，图补的方法也很多，我在此不能详述，但惟一的基本问题，不能不郑重略述的，就是交通问题。交通便利，一切都有办法，否则一切都是徒费。左宗棠平靖新疆时，由北平至新疆，至少军事上的交通很便利。据说特快驿马，十八日即可由北平至迪化，近则一百十八日也不行。我们现在要办的，并不是只将官厅特用的交通，乃是民众化的交通。近来交通事业发达，整顿并不困难，基本要图，当然是铁路。但在中国目下情态之下，决难望其早成，比较容易而可收速效的，当然是汽车道。新疆省境内各大道均已通汽车，内地汽车由西安已可通至兰州以西，绥远汽车已可通百灵庙。现所缺欠的只是把不连的地方连起来，而使之规模宏大，组织改良，不但用于军事，还要适于行旅。至于转运粗笨货物，恐怕还是骆驼合算些。

此次我们所坐的爬车，于沙地及较软地皮上，诚然十分有用。且机器坚强，省油又不用水，有许多便利。但行走很慢，最大速度不过每点钟四十里，还要一切情形如路与车都很好，且其大轮带据这次旅行的经验，很易坏，其抵抗摩擦的速度，远不如以前想象之甚，又兼用之普通转运，当然车身的构造还有应改造的地步。因此爬行汽车是否为西北交通惟一利器，尚待考究。不过由北路到迪化，沿途除乌尼乌苏以西一段有山地，不大易走，额济纳河有些沙子，及由酒泉至哈密途中有少数地方很困难外（总计极困难的路不及一千里），大半都好走。至于我们的爬车虽然很慢，但比之骆驼已快得多，兹列各要站所需时日如下，以做参考：

由张家口至百灵庙　五一三公里　四日到

由百灵庙至额济纳河畔之瓦窑套来　八八三公里　十四日到

由瓦窑套来至酒泉　四二五公里　五日到

由酒泉至哈密（经北道）　六四七公里　八日到

由哈密到吐鲁番　四四一公里　五日到

由吐鲁番到迪化　一八八公里　二日到

由迪化至塔城　约七〇〇公里　五日到

由张家口到迪化共计三零九七公里，共需三十八日。

由此看来，就是很慢的爬行汽车，已非非机器的转运所能望其项背，而其载东西的多少，当然还是汽车好。因此若由北平经蒙古到迪化，由西安经兰州至迪化，如各有一条很好的汽车道，那西北的交通，以爬车速度算，也比现在快三四倍。若用更快的汽车，或许比爬车还可快三分之一至一倍。如交通能便利，别的问题也就有了办法了。

五、对未来学术上工作的期望

从自然科学的见地来看，西北上几完全尚是未开辟的地方。虽然从前俄人、德人，近来美人、英人，乃至中瑞合办的西北科学考察团，虽曾在蒙古、新疆等地有工作，但以西北如此之大，科学资料之被探得的不过千百万分之一。且西北科学考察的结果，至今尚少发表，也是等于未知的。

我们此次西行因种种关系，科学考察上并未照我们所计划与预期的那么好，虽也得了若干成绩，也是同以前考察一样的零碎，或且有些不如他们。所以此次前去亦可说是试路，而不能说是真正考察。将来从事于西北学术界的工作，还要大大地努力。充足的时间、丰富的财力、优越的人才、严格的团体训练与地方上情况的改善等，缺一不可。至于详细路线，当然临时决定。未曾去的，当然要去，即已去的，也不妨再去。我相信未来真正的西北科学工作的贡献，不但在学术界可放异彩，就是于西北本身，换句话就是于我们中国的建设上、文化上也有莫大的裨益。姑止吾笔，拭目以待。

十八年至廿五年路綫圖

十八年 (1929) ————
十九年 (1930) ＿＿＿
二十年 (1931) ……………

50　0　100　　300　　500 km.

校印后记

　　此书完稿于二十年十二月三十日。因种种迟延，至今才能出版，和读者相见。用新闻的见地来看，自然有许多已失时效了。

　　当十九年我去东三省，已然在辽宁和南满铁路各地感觉到日人势力的根深蒂固和国人被压迫的苦痛，但这块地方，至少还在我国政权之下。我最后一次过东三省是二十年九月，我于九月三日过沈阳，想不到半月之后，空前的国难就爆发了。用历史的眼光看去，这重公案，尚未结局，倘国人真肯努力，东三省必不会久沦于异域，而河山仍有复完的一天。不过究竟几时才能河山重光，真有点难以预断，而这空前的奇耻，如何能令我轻易忘却呢！满游追录一章，因当初经过时十分匆匆，并不有多少有趣的资料，所以在本书中并不占重要地位。但我仍把它列入，也有一点纪念这块破碎的山河的意思。

说到中法科学考察团，当我完稿时，只知法方仍照预定计划进行，但还没有得到最后结局。该团在迪化经种种交涉，仍由迪化西接西队于阿克苏，由哈特统率东返。东返的路线，自迪化到肃州，大约相同，只在星星峡取了一次汽油。到肃州后，则取道宁夏、包头，也是照他们的计划。他们于二月间平安到北平，不久即由天津乘轮西返。当初的计划，是放弃由北平取陆道南达西贡的一段，而由西贡往西，则仍拟举行。不料哈特在香港因病逝世，该团受了绝大打击，于是中止，所谓中法科学考察团者，到此连法方也瓦解了。最近在报上又看到队长卜安在欧自杀……这件事如此结束，真令人有读《红楼梦》最后二三十回之感。

　　至于中法途中种种纷纠，以后亦无人提及，也就算不解决之解决。

　　在迪化后犹留下的刘君，闻取道哈什、印度，继续考察工作，约来年可归。刘君此等精神，实堪令人钦佩。在迪化常见的袁希渊君，今年已取道戈壁回来。书中人物，都已交代清白，我这里也可以搁笔了。

　　　　　　　　　　　　二十一年十月十日杨钟健记